| 与科学家共读经典 |

与动物行为学家一起读《拉封丹寓言》

［法］吕克·阿兰·吉拉尔多 / 著
［法］古斯塔夫·多雷 / 绘
李泓淼 / 译　李旭 / 审校

La Fontaine's Fables

中国科学技术大学出版社

安徽省版权局著作权合同登记号：第 12242170 号

Histoires naturelles et extraordinaires des animaux de La Fontaine by Luc-Alain GIRALDEAU ©Humensciences / Humensis, 2021
Current Chinese translation rights arranged through Divas International, Paris
巴黎迪法国际版权代理（www.divas-books.com）

内 容 简 介

动物行为学家吕克·阿兰·吉拉尔多领读拉封丹的经典寓言，点明其中蕴含的哲学思想、科学思维，并用严谨的科学依据解读故事中离奇的动物行为。本书将文学与动物行为学、生态学等多个自然学科融合在一起，提供了一种全新的阅读经典著作的视角。

图书在版编目(CIP)数据

与动物行为学家一起读《拉封丹寓言》/（法）吕克·阿兰·吉拉尔多著；李泓淼译. -- 合肥：中国科学技术大学出版社，2024.9. -- ISBN 978-7-312-06052-6

Ⅰ．I565.077；Q958.12

中国国家版本馆 CIP 数据核字第 2024YV0557 号

与动物行为学家一起读《拉封丹寓言》
YU DONGWU XINGWEIXUEJIA YIQI DU《LAFENGDAN YUYAN》

出版	中国科学技术大学出版社			
	安徽省合肥市金寨路 96 号，230026			
	http://press.ustc.edu.cn			
	https://zgkxjsdxcbs.tmall.com			
印刷	合肥市宏基印刷有限公司	字数	103 千	
发行	中国科学技术大学出版社	版次	2024 年 9 月第 1 版	
开本	880 mm×1230 mm 1/32	印次	2024 年 9 月第 1 次印刷	
印张	5.375	定价	48.00 元	

前　言

　　与很多讲法语的人一样，我也是从小就在学校里开始读让·德·拉封丹（Jean de La Fontaine，1621—1695）的寓言。我才八岁的时候就得背诵课文《知了和蚂蚁》，课本上配有漂亮的插图，画的是一只知了手里抱着一把吉他。我记得，那时我还读了许多其他寓言故事，比如《龟兔赛跑》和《狐狸与乌鸦》。当然，这位伟大的法国寓言作家[1]的作品远不止这几个故事，他一生中的大部分时间在创作，给我们留下了整整12本书和240个寓言故事。人们通过寓言能够以一种轻松、通俗的方式讲述一些人生道理，很多寓言都以动物作为主角。受到寓言的启发，我也开始思考为何不以动物的行为作为基础，来讲述此后的、与之相关的科学发现呢？这种形式或许能让我毕生研究的学科——动物行为学更容易被大众理解。这就是我为自己设置的挑战。

　　重读这些寓言是一种乐趣。希腊哲学家伊索（前7世纪到前6世纪）开创了寓言这种文学形式，拉封丹大量借鉴了《伊索寓言》中的故事，以便以一种更加轻松、通俗的方式传达真理和哲学思想。伊索创作的500多个寓言都以动物为主角,而他的故事版本比拉封丹的寓言更加简短和口语化。拉封丹则从中挑选了他认为非常好的故事进行改编,将故事扩展并修改了一些细节。尤其是拉封丹还别出心裁地将每个寓言故事都用诗歌的形式讲述出来。这些寓言在过去的三个世纪中尤其受到欢迎,在拉封丹的笔下又被赋予了新的活力。拉封丹版本的寓言故事虽然经过了进一步加工并改编成了诗歌的形式,但仍保留了伊索版本中的核心和灵魂:教化人心。在写给王储殿下的献词中,拉封丹讲述了读《伊索寓言》对自己产生的影响,他也想像伊索一样,用自己的故事影响他人。

伊索的寓言故事能于不知不觉间在一个人的灵魂中播下美德的种子,教人认识自我,潜移默化,润物无声。今奉上此篇献词,特向王储殿下推荐,希望您亦能够从中有所收获。其中的故事寓教于乐,能让您毫不费力,更确切地说,在轻松愉快的氛围中了解一位王储应该学习的所有事情。[2]

在拉封丹看来,伊索选择动物作为自己的寓言故事的主角不仅仅是为了在写作风格上标新立异,动物们表现出来的善恶实则是人类现实的缩影。

寓言中描绘了动物们不同的习性和性格特征；动物如此，人亦如此。我们人类本就是将非理性生物的善恶表现得淋漓尽致的典范。普罗米修斯在创造人类时，在人的身上融合了各种动物最主要的品质，他基于各种截然不同的动物最终创造出人类，因此人类这个作品又被称为"缩小版的世界"。[3]

继伊索之后，拉封丹也凭借自己惊人的直觉，意识到动物和人类的行为具有一致性。达尔文在1859年出版的《物种起源》一书向世界揭示了所有物种都由一个共同的祖先进化而来，不同物种之间的相似性并不是出自一个反复无常的造物主之手，而是靠长期进化而来的。然而，拉封丹在达尔文之前近两百年时就已经意识到这一点。当然，现代生物学一直致力于证实动物和人类之间存在亲缘关系。

阅读过《拉封丹寓言》后，我最后的疑虑也随之烟消云散：这些关于动物的故事中确实蕴含着关于动物行为的科学真理。

当然，伊索和拉封丹凭直觉所描绘的动物特性并没有太多科学依据，更多的是凭借大众的普遍印象和偏见为动物们人为塑造的形象，这些动物的性格标签一直延续到了今天，比如狡猾的狐狸、威猛的狮子、残忍的狼、好吃懒做的老鼠和知了，而鸟儿头脑简单，大象记忆力超群等说法是否正确，实际上也有待商榷。

但这些其实也并非寓言故事的关键,因为作者创作这些寓言,细心描绘动物的性格特征,目的并不在于揭示动物的行为,而是通过动物影射人类! 不过,书中赋予某些动物的性格特征从科学角度出发还是比较准确的,比如《老鼠开会》中的老鼠。 我将以《拉封丹寓言》中动物们的性格特点和故事的寓意作为基础,在本书中向读者们展示其中表现出来的动物行为学事实,并向大家科普其中蕴含的某些动物行为学原理。

本书精选了 7 个有趣的拉封丹寓言故事。 从这 7 个故事出发,我将为大家讲述有关生物世界的真实故事。 不过,我要讲述的这些科学事实与寓言故事中作者的想象相去甚远。

《小老鼠和猫头鹰》的故事原型不是来自《伊索寓言》,拉封丹声称这是个真实的故事,当然他本人也承认这个故事有艺术修饰的成分。 这个故事中的灰林鸮会将自己的食物——老鼠圈养起来,并啄断老鼠们的腿,这样既能防止老鼠逃跑,又能保证自己一直吃到活的老鼠。

在拉封丹看来,这一现象证明了动物确实有理性思考的能力。 其实我们也像寓言作者一样,都观察到过类似的现象,正是这些现象使我们相信动物确实具有与人类非常相似的情感和理性思考能力。 在这篇寓言中,对于动物的拟人化处理并不只是写作风格那么简单,拉封丹在此基础上进一步指出猫头鹰这种鸟表现出了与人类相似的推理能力。拉封丹讲述的这个故事与法国哲学家、数学家勒内·笛卡儿（René Descartes，1596—1650）的思想形成了鲜明对立，笛卡儿认为动物只是无意识的机器，并不具备思考能力。

但是拉封丹对于动物的拟人论①中存在一个主要的缺陷，那就是不能从动物本体出发观察其独特之处。而今天的科学则如我所说的那样，正在试图进入大生态系统中每一个物种赖以生存的小环境，从它们本身的视角出发，进行研究。这一切努力的回报将是完全揭开动物们所在世界的神秘面纱——直到目前为止，人类对其仍然近乎一无所知。

《龟兔赛跑》展示了一场结果出乎意料的比赛，跑得最慢的选手反而赢得了胜利。

与人们的想法不同的是，与其说是故事中动物的选择吸引了读者的关注，不如说是其中的寓意更加发人深省。这个故事告诉我们，无论是足球比赛还是国际象棋比赛，没有什么比赛的结果能够事先预知。当然，每位参赛者的个人能力是很重要的一项因素，但最终决定比赛结果的是参赛者的技能与策略之间的相互作用。因此，永远不要过早地宣布胜利。这个道理意义重大，因为所有的生物都在进行一场竞赛，那就是关于传宗接代的竞赛。然而，与《龟兔赛跑》不同的是，这场生物间的竞赛没有终点线，只有在

---

① 拟人论（Anthropomorphism）又称"拟人观"，以人的能力、行为或经验的术语来解释动物或非生物的有关特性，源于达尔文"人猿同祖"的结论。

一群竞争者之中处于落后还是领先的位置之分。认识到生活是一场永久的赛跑，没有终点，是一场检验头脑是否清醒的艰难试炼。就像当初在发现抗生素后，人类一度相信自己已经战胜了病原微生物。我们现在知道，人类当时只是暂时在比赛中处于领先位置而已，越来越多的微生物正在通过对抗生素产生耐药性的方式，向人类奋起直追。

这则寓言对我启发颇深，它让我意识到与传染病的斗争是一场竞赛，在这场竞赛中，我们可以通过人为干预的方法来挑选与人类竞赛的对手，让那些跑得最慢、最无害的微生物参加到与人类的对抗中来。

《狐狸与乌鸦》讲述了一只狐狸通过阿谀奉承，从乌鸦嘴里骗取奶酪的故事。狐狸违背乌鸦的意愿拿走奶酪的行为几乎可以称得上是偷窃了。然而，狐狸的行为固然可耻，乌鸦的虚荣心无疑也是自己上当受骗的帮凶。

狐狸真的狡猾，乌鸦真的虚荣吗？事实上，如今我们知道乌鸦和其他的鸦科鸟类，如喜鹊和寒鸦，都是很有认知天赋的鸟类。如果真的要说这个寓言中哪种动物更聪明、更狡猾一些，我会选择乌鸦。可是，就算头脑聪明，乌鸦还是被狐狸的花言巧语玩弄于股掌之中，最后下定决心不再上当受骗。我敢打赌，这可不一定，它可能还会再次上当。从行为学的角度来看，操纵，有时甚至于谎言，都是交流中密不可分的一部分。

在这一章，我们通过几种动物的例子追溯了交流的起源，并分析了交流与简单的信息交换之间的区别。包括《拉封丹寓言》中提到的交流在内，所有交流本质上都是在影响和操纵信息接收者，以便为信息发出者牟利。

《老鼠开会》讲述了一群老鼠开会讨论如何摆脱一只正在对鼠群大开杀戒的猫，但没有一只老鼠有勇气承担起这个任务。寓言批判了集体决策的徒劳无功，认为集体责任制淡化了个人的责任，以至于无人认为自己有义务将所有人一致认同的解决方法付诸实践。

寓言中以老鼠作为主角有一定的讽刺意味，拉封丹确实想借老鼠开会的行为凸显这件事情的滑稽可笑。而实际上科学实验表明，老鼠确实会就食物选择的问题进行某种形式的集体协商。

这个寓言一方面向大家阐述了杂食者困境这一概念，即杂食动物的优势在于它们找到任何新食物都能吃，坏处在于选择一多，它们需要警惕的东西也就变得多了起来；另一方面，这则故事让大家重新认识了老鼠这种生物，动物行为学研究表明老鼠在选择食物时会相互协商。这个故事蕴含的内容多么丰富啊！

《知了和蚂蚁》是拉封丹寓言中有名的故事之一，这个故事告诉我们未雨绸缪胜于只顾眼下的享乐。蚂蚁辛苦工作了一整个夏天，最终积攒下充足的食物；而可怜的知了却沦落到乞讨度日的地步，央求蚂蚁的施舍，企图不劳而获。

努力工作收获成果的人和企图不劳而获的人之间的这

种关系很容易在人类社会中找到投射。我们或多或少都遇到过这种不劳而获之徒,有的是在学校的团队合作中,有的在工作中,甚至在家务分配中。

我在研究中发现对他人的剥削利用是一种十分普遍的现象,比如病毒就是一个能力卓绝的剥削者,它会利用其他生物的分子结构进行自身的繁殖。同样在剥削者之列的还有寄生和隐藏在我们的微生物群落中的细菌、攀缘植物,甚至大多数的社会性动物。

这则寓言打开了剥削者们所属世界的窗户,这个世界是如此令人震惊。而我也想借此机会纠正一种偏见——认为知了的鸣叫代表懒惰和无忧。请大家相信,在现实中,鸣叫的知了恰恰不懒惰,那些默不作声的知了才是真正的剥削者。

《小鱼和渔夫》为我们呈现了渔夫和他捕获的小鱼之间的一段对话。这条鱼说自己太小了,不如把它放回水里等长大些再捞出来,对渔夫会更有好处。

大家都明白"宁要今天一币,不等明日一双"的道理。但是,这一观点并不是放之四海皆准的,因为它会降低人们的投资意愿。如果大家都秉持这一观点,那么还有人会去买彩票或者将积蓄投资在基金里吗?虽然这两种行为都有风险,却能带来切实的收益期望。有时确实像渔夫捕到的小鱼说的那样,把鱼放回水里等养肥了再捉,能带来更大的收益。这样看来,我们需要以更加科学的态度分析"宁要今天一币,不等明日一双"这样的观点。

动物行为学甚至在探究动物如何寻找食物的过程中经历了深刻的变革。蜜蜂采蜜,松鼠收集山毛榉的果实,螃蟹吃贻贝,所有的动物都必须做出选择——是吃掉已经找到的食物,还是继续寻找更好的选择。针对这种选择的研究催生了动物行为学中的一个全新分支,即行为优化和行为生态学。我将在书中对应的一章中,为大家讲述行为学的这种转变,介绍动物们令人惊讶的经济决策能力,以及导致这种蜕变发生的研究人员的小故事。

《狐狸与鹤》讲述了一只狐狸请鹤吃饭的故事,狐狸故意端上一盘鹤用长长的喙吃不到的美食,并借此取笑鹤。后来,被冒犯的鹤以其人之道还治其人之身,也邀请狐狸吃饭,端上来一盘因为狐狸头太宽而吃不到的食物。这是一个用同样的手法进行报复的故事,就像一句谚语说的一样:以眼还眼,以牙还牙。

故事里的两位主角本是朋友,而读者们最终可能会惋惜一段友谊就此破裂。然而,行为学向我们表明,即便如此,两者之间也仍有可能产生合作关系。我们从前不知道古老的互惠法则居然能够促成一段良好的互惠关系的建立。一些行为学研究表明,这种"以牙还牙"的复仇逻辑却能促成新的良性互惠关系。我们在研究另一个更晚出现的博弈——囚徒困境时发现了这一点。曾经有人邀请全世界的科学家参加一场囚徒困境的博弈比赛,目的是找到一种最优的合作方法。事实上，这种互惠合作的例子确实可能发生在最令人匪夷所思的情况下，比如吸血蝙蝠之间会分享食物，第一次世界大战的战壕战期间会出现自发休战的现象。当然，想要跳出报复的循环，并使合作成功出现，必须满足某些非常具体的条件……

目　录

前言　i

第1章　当动物做出与我们相似的行为　1
　　小老鼠和猫头鹰　1
　　站在世界的中心　8
　　马儿汉斯和它的主人　11
　　教授和他的学生们的老鼠实验　14
　　乌鸦和汽车胡桃夹子　18
　　喜欢滚积木的海鸥　20
　　寓言启示　22

第2章　自然选择与传染病　25
　　龟兔赛跑　25
　　延续千年的竞赛　29
　　操纵比赛　31
　　让乌龟获胜　33

　　　　莫助兔子一臂之力！　　38
　　　　寓言启示　　40

第 3 章　**从交流到操纵**　46
　　　狐狸与乌鸦　46
　　　　交流不仅限于信息交换　　50
　　　　爱情的香气　　53
　　　　识踪寻途　　54
　　　　翩翩起舞的蜂群　　56
　　　　说谎还是操纵？　　57
　　　　先天缺陷　　61
　　　　寓言启示　　63

第 4 章　**动物的集体智慧**　65
　　　老鼠开会　65
　　　　神秘的老鼠　　68
　　　　小白鼠成为研究对象　　71
　　　　习得性厌恶的特例　　76
　　　　寓言启示　　81

第 5 章　**剥削者**　83
　　　知了和蚂蚁　83
　　　　温柔夏夜中的爱情诱惑　　88
　　　　无为策略　　93
　　　　暗中窥探，伺机而动　　95
　　　　寓言启示　　100

第 6 章　捕食者和猎物　103

小鱼和渔夫　103
理性的捕食者　108
这是一个颠倒的世界　110
留下小鱼，还是把它放回水里：
　　一堂经济学课！　111
普通滨蟹和紫贻贝　113
行李传送带带来的灵感　116
确定性与风险选择　120
寓言启示　123

第 7 章　出人意料的合作　127

狐狸与鹤　127
动物世界中的互相合作　130
囚徒困境　132
吸血蝙蝠中的施舍者和乞讨者　135
寄生虫清洁工和它的顾客　139
寓言启示　142

后记　归于道德　145

致谢　149

参考文献及注释　151

第 1 章　当动物做出与我们相似的行为

—小老鼠和猫头鹰[①]—

千万不要对人这样讲：
"你们来听听这段名言，
来听一个精彩的故事吧！"
不知道人们是否会像你一样喜欢这个故事。
可是下面这个故事例外，因为它真的很离奇，
以至于不像是真事儿，倒似个寓言。
一棵老朽的松树被人砍倒，

[①] 本故事中的猫头鹰为灰林鸮（*Strix aluco*），它们分布在欧亚大陆林地区域，身材中等、结实。这个故事是《拉封丹寓言》中的一个例外，因为这并不是一篇虚构的寓言。拉封丹本人在这则故事的结尾写了一条批注："这个故事虽然听起来十分神奇，甚至到了不可思议的地步，却并非虚构，而是一个真实发生的故事。或许我把这只深思熟虑的猫头鹰描绘得有些言过其实了，希望大家不要误以为所有动物都像这只猫头鹰一样具有这样理性思考的能力。我只是在诗歌创作中加入了一些夸张的成分，这种夸张的写作手法在我的写作风格中十分常见。"

这里是一只猫头鹰的老巢。
这鸟儿曾做过阿特洛波斯的代言人,
一直栖息在这凄凉又阴暗的树洞中。
随年华流逝,树干早已被蛀蚀一空。
树洞中还居住着众多居民,
其中还有一群无脚的小老鼠。
这些老鼠只只脑满肠肥,
猫头鹰用自己锋利的嘴把它们啄成了没脚的残废,
还将它们放在麦堆中饲养,
要知道,猫头鹰这样做自有它的道理。
它过去也曾捉住老鼠,关入自己的巢穴,
无奈老鼠皆从巢穴逃跑。
为了防止此类事件再次发生,
狡猾的家伙之后就将逮到的老鼠都弄成残废。
老鼠没了腿,可方便了猫头鹰。
今天吃这只,明天吃那只,
不再一次吃完,还更合乎养生之道。
猫头鹰和人一样有了长远的打算,
为了不让老鼠死去,
它甚至还给老鼠们带来了谷粒粮食,
将它们饲养在巢穴里。
听完这个故事,
笛卡儿主义者是否还要固执己见,
坚持认为猫头鹰只是一种不会思考的猛禽和机器?

是什么使得猫头鹰先把猎物弄残,再豢养催肥?
如果这都不算拥有思维,
还有什么可以称得上思维?
让我们来看看猫头鹰的思考过程:
"老鼠被抓住之后就想方设法逃走,
所以我一抓到老鼠就要赶快吃掉。
但要一次就将所有抓到的老鼠吃完根本不可能,
我还需要储备一些食物以应不时之需。
那么我要把捉到的老鼠饲养起来,
还不能让它们逃跑,
思来想去,咬掉它们的腿就能解决一切。"
换作人类来思考,
是否能找到比这更好的解决方法?
亚里士多德曾向他的学生们教授思维方式,
人们想出的主意与这猫头鹰的有多大差别?

我的猫盘成一团在地毯上打着盹。随后它站起来，伸了个懒腰，走到客厅的窗户前，灵敏地跳到暖气片上。现在，它正透过窗户往外看。我向你们讲述了我的猫做出的一连串十分平常的行为，和故事中的那只猫头鹰（也就是灰林鸮）养老鼠留着慢慢吃的惊人行为相比，这一串动作显得平平无奇。然而，这些行为中蕴含着一个一直困扰着科学家们的问题：动物是否仅仅具备复杂、自主的机能，并给人一种它们拥有意识的错觉；还是和人类一样，真正具备有意识行动的能力呢？

在拉封丹的猜想中，答案似乎十分明确：动物会思考，它们做出的行为都是为了达到某个目的而运用智力组织起来的。拉封丹在《小老鼠和猫头鹰》里大大夸赞了猫头鹰在豢养断腿老鼠的行为中表现出来的远见和智慧，虽然作者自己也承认故事有夸张的成分，但他旗帜鲜明地反对与其同时代的数学家勒内·笛卡儿提出的动物机械论。拉封丹的支持者们认为，动物能够有意识地预测、计划和行动，绝不是无意识的机器。而对于笛卡儿主义者来说，这完全是无稽之谈。

拉封丹想要美化他所相信的故事，这是完全可以理解的。拉封丹和笛卡儿所持的观念之间的对立直到今天仍然存在，表现为那些提倡动物权利的人和那些认为只有人类才享有权利的人之间的对立。两个阵营各有各的理论依据，分别是达尔文主义和笛卡儿主义。

笛卡儿的观点是一种二元论，认为存在精神实体和物质实体,身体即物质实体。人类则是唯一一种除了拥有身体之外,还拥有意识的生物,因为人类是一种有别于动物界的创造物。人类的身体和其他动物的身体一样,都是一架机器,而有些动物的身体结构和人类的十分类似。这种相似性使人类医学能够利用动物来了解我们自身生理结构的许多方面。接受这种人与动物之间二元对立关系的人会认为,像拉封丹那样赋予动物有意识的思考能力是在将动物拟人化。也就是说,在没有人类特征的客体上错误地投射人类特征。

1668年,《拉封丹寓言》出版,随后一直到1859年查尔斯·达尔文(Charles Darwin,1809—1882)的《物种起源》一书出版,才为拉封丹这类否定人与动物之间二元对立关系的思想提供了科学依据。事实上,在将近两个世纪之后,在物种之间有连续性这一问题上,达尔文挑战了"只有人类才有思考能力"这一传统观念。达尔文认为不同物种之间的差异本质上只是发展程度的不同,是一种量变的差异,而非质变的问题,因此也不存在物种之间的优劣之分。当然,达尔文并不否认人类是一个智慧物种,但智慧普遍存在于所有物种之中,只是智力程度不同,有些物种智力不高,有些则高度发达。达尔文认为这一原则同样适用于不同物种间的其他所有特征,也包括情感。通过强调物种间的连续性,所有差异在达尔文的自然选择机制之下都有了其存在的意义,正是这种差异使每一个物种都能适应它们所居住环境中的特殊条件。

达尔文主义的立场大获全胜。我们与动物世界形成了一个统一体。然而,人与动物的二元论观点并没有完全消失,这在大学的学科组成上便可见一斑。大学的学科根据它们是与精神性还是与物质性相关被分为两大类:一类是与人类意识有关的学科,如人文科学和社会科学;另一类是与物质性相关的学科,如自然科学,其中最具代表性的就是医学。

此外,这种二元分化也以一些新的、更微妙的形式表现出来。例如,有些人坚持认为,人类身上应该存在着一种特质,能将我们与动物从本质上区分开来,这种特质一定是其他任何物种都不具备的。又如,在一段时间里,人们曾一度认为只有人类才具有模仿他人的认知能力,但很快,许多灵长类动物,还有鸟类、鱼类,甚至昆虫,都表现出了通过模仿学习的能力。另外,还有人声称只有人类才会使用和制造工具,而很快,人们就发现黑猩猩会用石块当锤子砸开坚果的外壳,还会自行设计并制作出工具钓白蚁吃,因此以上论断显然被推翻了。其实,除了灵长类动物,其他物种会使用和制造工具的例子也比比皆是:新喀里多尼亚的乌鸦能设计在水中捕捉食物的工具,加拉帕戈斯群岛的燕雀会用小树枝捕捉蠕虫,秃鹫会借助石头打碎它们喜欢食用的鸵鸟蛋蛋壳。

动物和人之间仅剩最后一道屏障似乎还没有被打破,那就是知识的传承和交流——通过基因传播以外的方式,将知识和信息从一个个体传递给另一个个体,除了人类,还没有其他动物掌握这项技能。但实际上,人们已经在黑猩猩、猕猴、老鼠和鸣禽群体中观察到几种不同的知识传承现象。比如，黑猩猩会向后代传授制作捕捉白蚁工具的技术，许多鸟类也会倾听成鸟的叫声来学习歌唱。在交流能力方面，蜜蜂可以通过广为人知的"蜜蜂舞蹈"将花朵的距离和位置告诉蜂巢中的其他蜜蜂。人类之所以区别于动物，是因为我们的世界中有艺术和美学。可是，园丁鸟为了吸引伴侣，会精心建造出五颜六色、错综复杂的建筑，对此如何解释呢？园丁鸟会对建筑上装饰的每一个物件——镜子、瓶盖、贝壳和昆虫鞘翅的位置不断地作出精确、细致的调整，这难道不能反映出这个物种具备一种特有的美学思维吗？

当然，从现存记录中可知，人类在文化、语言、文学、模仿能力上都远远超出非人类动物，但这恰恰说明了我们和动物之间存在的是数量程度上的差异，两者之间是量变而非质变。

前文说过，虽然包括人类在内的所有动物物种都是一个统一的整体，但是人与动物之间存在二元性的观念似乎已经深深植根于我们的头脑之中。虽然我们试图以人性化的方式对待动物界，比如赋予动物权利，但是我们赋予动物的其实只是专适用于人类的权利，是人类思考下的人的权利。我们似乎从来没有考虑过，动物应该享有一些专属于它们自身，不与人类共通、共享的权利。

在人类眼中永远存在"它们"和"我们"之分。如若深究，"动物"一词本身就存在固有的问题。动物一词可以指代种类繁多、千差万别的物种,而它们之所以被同一个单词指代,是因为它们有唯一的共同点——不是人类。而"它们"中的一部分和人类长相相似,比如灵长类动物;其他动物,至少可以说和人类长得不一样,例如昆虫。

此外,"动物"这一类别必然还包括许多人类未知的物种,因为我们也不知道与人类共同生活在这个星球的物种数量究竟是多少。目前已经鉴明种类的昆虫就有一百多万种,但预测表明不为我们所知的昆虫还有很多。以此类推,加上已知的(和未知的)爬行动物、两栖动物、浮游生物、鱼类、鸟类以及哺乳动物……共计存在约770万种非人类的动物。[1] "动物"这个类别抹除了其所指的不同物种之间的所有差异,将它们简单粗暴地合并成了一个单一僵化的整体。这种二元论的观点忽略了倭黑猩猩和白脸山雀的特殊性,并不能反映出动物物种之间的连续性,而正是这种连续性造就了不同物种之间千差万别的特性。

站在世界的中心

我们在上文中已经指出,拟人论的不足之处在于赋予了动物其所不具备的人类属性。但如果从达尔文的连续性观点出发,这种不足似乎就显得微不足道了,因为达尔文的连续性观点认为,人类和整个动物世界之间只存在量变程度上的差异。

然而连续性拟人论会依据动物与人类的相似程度来理解动物的特有行为，这就使其带有一种极其强烈的人类中心主义色彩，也就是说，它思考一切问题的出发点都是人类。这种以人类为中心的投射足以让我们理解动物的情感、认知活动和感官世界的观点，就是认为人类所感知、所感觉到的世界，人类的大脑根据感官信息重建的现实才是唯一可能的现实。拉封丹在理解猫头鹰的行为时就带有强烈的人类中心主义色彩：他本可以只是简单地推测猫头鹰也具有思维能力，但他却一直试图说服读者猫头鹰的思维模式和我们人类一样。

我们必须承认，这种姿态使我们忘记了自然选择带来的进化对人类理解世界的方式所产生的深刻并具有变革性的影响。这种观点在某种程度上忽略了这样一个事实：我们人类的感官和认知是适应了我们祖先所面临的生存挑战演化而来的，而人类面对的挑战与猫头鹰所面临的境况是截然不同的。因而我们忽略了每个物种都同样经历过独属于它自身的选择过程，在这个过程中，它对世界的认知与它所居住的环境之间越发契合。

也正因为如此，我们不具备理由以确信人类和另一个物种的精神世界能完全共享或匹配。其他物种的祖先，仅考虑它们需要在夜间活动，或栖息在树上，或生活在水里，就不得不面对与人类祖先截然不同的生存挑战。因此我们发现许多动物能看到人类看不到的紫外线，听到人类听不到的超声波或次声，感知人类感受不到的地球的磁场和光的偏振平面。还有些动物能尝出人类尝不出的味道，闻到人类闻不到的气味。它们凭借着与我们截然不同的感觉去感知这个世界，并且在与我们不同的大脑和神经器官中分析这些信息。

很显然，拟人论的观点夸大了动物与人之间的连续性，这样的夸大使我们看不到动物的真实面貌——动物与人不同，彼此各异。除此之外，拟人论还存在人类中心主义的缺陷。拉封丹在《狐狸与乌鸦》《知了和蚂蚁》等寓言中，也对动物主角们做了轻度拟人化处理，但并未陷入过于严重的拟人论误区。在以上的两个故事中，动物身上展现出人类的弱点或恶习，但拉封丹仅试图用这样的拟人形式让自己想传达的观点更能为当时的社会所接受——他并不认为狐狸真的能说话。

而回到关于小老鼠和猫头鹰的寓言中，拉封丹陷入了"成问题的"拟人论误区中，因为他赋予了猫头鹰一种战略性思维，而且他的意图并不是要影射人类，以便读者从故事中受到启发，而是为了论证猫头鹰确实具备这种能力。当他声称猫头鹰能够像人一样思考时，其实否认了另一种可能，那就是猫头鹰或许有独属于它自己的思维方式，它的想法和人类的想法完全不同，故事中猫头鹰最后采用的方法只是在这种与人类全然不同的想法的驱动下恰好产生的，又恰好和人类思考后选择的方法一致。

拉封丹讲述的这个故事有一定的启发性，可只是孤例。

我也想和他一样相信,这只猫头鹰足智多谋且深谋远虑,会通过豢养残废老鼠的方式为自己储存食物。但是,科学告诉我们不要轻信奇闻轶事。当然,我们并不是要认定所有的传闻都是假的,而是只看一件事情的表象并不能让我们排除其他可能性,并了解其中真正的原因。正如城市里总有好心人风雨无阻地每天都去喂鸽子,谁知道有没有可能是某位大发善心的撒玛利亚人①给这只猫头鹰送来了断腿的老鼠和喂养老鼠的谷粒呢?仅凭对此寓言故事的观察是无法排除上述可能的。

马儿汉斯和它的主人

1904年时,柏林有一匹马名叫汉斯,它会数数、算术,还会识别音乐作品、画作、色彩和字母。这匹马表现出了异乎寻常的才智,汉斯的训练师确信它具有与人类相似的思维能力,这有可能从根本上改变我们对人类与动物之间关系的判定。

汉斯的训练师是一位名叫威廉·冯·奥斯滕(Wilhelm von Osten,1838—1909)的退休数学教师,他花了四年的时间教这匹马认识数字和字母表,所用的方式和在学校里教孩子们的方法相同。汉斯还学会了数学运算和拼写单词。当

---

① 根据《圣经》故事,撒玛利亚人有着好心肠,行善举。

被问及 652344 除以 100000 整数位得多少时,汉斯用右蹄击打了地板 6 次。这一现象令人震惊,并证实了冯·奥斯滕的说法,那就是这匹马已经掌握了数字的概念,并且能够运用数字进行心算。

冯·奥斯滕确信他的马具备思考能力,他想通过公开表演的方式向大众分享。为了证明表演过程中不存在任何欺骗和作弊手段,他在现场随机邀请观众为汉斯出题。结果是无论谁出题,汉斯都能给出正确的答案。在表演现场,他为汉斯准备了一块字母板,上面的每个字母都对应一个数字,汉斯可以通过敲击的次数连同这块板子拼出问题的答案:说出一周中的某一天,在听到的一首乐曲时拼出作曲家的名字,或者在看到一幅画时拼出画家的名字。在各种情况下,汉斯几乎都能用单词进行交流,显然,它的思维方式和人类的一致。观众对于汉斯的表演和给出的答案都倍感惊讶,随之,对冯·奥斯滕和汉斯的表演进行调查的呼声渐高,人们想看看他们究竟使用了什么方法,试图揭露其中的诡计。

我们必须承认,一匹马能如此博学真是令人惊讶无比。倘若是一只聪明的猴子、一头黑猩猩[①]或猩猩,能做到这些都不足以为奇,但这即使对一匹聪慧的马来说似乎也是不可思议的。而冯·奥斯滕的表演实在令人无法辩驳,拉封丹本人

[①] 黑猩猩华秀(Washoe,1965—2007)在心理学家艾伦(Allen)和碧翠丝·加德纳(Beatrix Gardner)的教导下,能用美国手语与人类进行交流。

若是亲眼见到了,没准儿会像讲述猫头鹰的故事那样,也围绕这匹马创作出一个寓言故事。

后来,人们成立了一个调查委员会,专门负责调查汉斯一事及表演中是否使用了作弊手段,该委员会成员包括1名马戏团经理、1名教师和1名动物园经理。经过两次各4个小时的仔细观察,该委员会于1904年9月12日提交了调查报告。在调查中,委员会成员细致观察了冯·奥斯滕在表演过程中做出的手势,而后给出判断,他们确信当汉斯作出回答时,没有明显的迹象表明训练员和马之间存在任何沟通。因此,委员会认为表演的过程中并不存在欺骗行为,并得出结论,认为汉斯的行为与其训练员声明的"马能够自行回答问题"并不矛盾。为此,还有必要作进一步调研,以确认这个案例能推导出马确实具有思维能力。

1904年12月,关于此案的第二份报告发表了。这份报告由柏林大学的一个科学小组签署背书,小组成员包括民族音乐学家埃里希·冯·霍恩博斯特尔(Erich von Hornbostel, 1877—1935)、实验心理学家卡尔·斯坦普夫(Carl Stumpf, 1848—1936)和他的助手奥斯卡·普芬斯特(Oscar Pfungst, 1874—1932)[2]。调查小组采取了系统严密的调查方法,得出的调查结果也十分明确。汉斯确实很聪明,但不是冯·奥斯滕想象的那种聪明。

研究表明,当汉斯身边的人不知道问题的答案时,汉斯就完全不能正确作答。也就是说,汉斯自己并不能思考,它既不认识数字,也并没有掌握算术规则;既不能分辨听到的是哪首乐曲,也不知道拼写出的单词是什么意思。这匹马其实是依靠提问者不由自主发出的微妙信号进行作答的,当马儿敲蹄子的次数是正确答案时,提问者的紧张情绪会到达顶点。因此,马观察提问者,并通过提问者暴露出的许多线索,比如呼吸急促、瞳孔扩张、脖子的紧张程度以及头部的轻微动作,得知自己敲击的次数是否已经得到正确答案对应的数量,上述所有迹象都能提示马儿必须停止敲马蹄。这样看来,这匹马确实很聪明,但这是一种超强的感知能力,而不是认知能力。所以,汉斯其实并不能像人类那样思考。当然,也没有人在表演中故意作弊,冯·奥斯滕确实没有撒谎,他只是被"我认为我所看到的"东西欺骗了。

科学家们的报告对这位可怜的退休教师产生了毁灭性的影响,他曾真心相信自己的马会思考和作答。然而,他的诚实并不能代表真相。冯·奥斯滕在极度失望之中卖掉了汉斯,而这匹马最终在 1916 年于军队服役期间死在了战争前线,被饥饿的士兵们用以果腹。

教授和他的学生们的老鼠实验

人类实在不擅长观察动物的真实面目。人们对于传闻轶事和对拟人论的偏好将我们变成了一群拙劣的行为学家。我们必须警惕不要被自己的思维惯性所误导。为此,行为学采用了一系列枯燥乏味的科学方法,包括进行各种实验,去试图理解各种行为。

设计一个实验并非易事,实验流程必须可行,且能够排除正确答案以外的所有其他的解释,即使那些最荒唐的、最牵强的解释或演绎都必须一一排除。人们常常低估实施这样一套操作的难度。完美的实验是不存在的,因此无论哪项实验都会遭来批评,人们总会苛责实验没能排除这样或那样的替代性解释(这些解释也可能产生同样的实验结果)。

设计实验时还需要保持高度的警惕。举个例子,当我们在找东西时,比如找钥匙,我们的脑海中会浮现想要找到的东西的图像。那么在寻找的过程中,如果我们看到了手套或钱包,将不加理会,继续寻找钥匙,因为我们刚才看到的并不是想要寻找的东西。所以,无论我们承认与否,人们在寻找某物的过程中,心里一定已经存在了既定目标。那么在做有关动物行为的实验时,实验者的心里是否也已经设定了预期的结果呢?实验者是否会在不知不觉中引导实验对象的行为向他的预期倾斜,直到获得预期中的结果?

德裔美国实验心理学家罗伯特·罗森塔尔(Robert Rosenthal)因其在实验者预期偏差方面的研究为人们所熟知,他发现了著名的"皮格马利翁效应",指的是学生在课堂上的进步大小取决于老师对他的期待程度。意思是说,不管一个孩子最初的智商如何,老师越相信他天赋卓绝,这个孩子就能获得越大的进步。罗森塔尔由此联想到了与动物实验相关的问题,并于1963年与一位同事联合发表了一项实验结果,从此之后,该结论被奉为动物实验[3]预防措施方法论教学中的金科玉律。

在为一个由13名本科生组成的班级教授实验心理学时,罗森塔尔提议和他们一起做一个实验,他想看看研究者们是否能从自己的研究对象身上得到他们所期望的结果。当然,这些学生们对于这个实验的真实目的一无所知,以为这只是课堂中的一项实践作业而已。他们被要求评估小白鼠在T形装置中解决空间问题的表现。在T形装置的尽头,小白鼠可以选择向右转或是向左转,但只有当它选择涂成灰色的一边时才会获得奖励。在每一次测试中,学生们都会改变灰色走廊的左右方位,使得灰色一面处在右边和左边的次数一样多。学生们把小白鼠放在起点,并记录下它作出选择所用的时间以及成功选择奖励一边的次数。

实验的关键在于罗森塔尔会事先宣布,有6名学生将能每人分到5只聪明、擅长快速解决这类问题的老鼠,而另外6名学生①将各自分配到5只不太聪明、解决问题速度比较慢的老鼠。实际上这些参加实验的学生并不知道,这其实只是60只普通得不能再普通的小白鼠,被罗森塔尔随机分配到了所谓的"聪明"或"不太聪明"的组别之中,并且在分配时确保

---

① 第13位学生当时已经是一个实验偏差项目的研究助理。所以他被指示尽最大努力不要在自己的实验操作过程中带有期待偏见,不要告知其他人他以前的研究主题,并观察同伴们的行为,以便在实验后进行匿名报告。

了两组老鼠的平均年龄大致相同。这门课程的教学目的在于检验学生们是否能克服自己的主观评价对小白鼠在实验环境中行动的影响,实验结束之后,罗森塔尔要求学生填写一份问卷,评估他们自己对实验结果的意见。

看到这里大家可能不难猜到,学生们发现那些所谓的"不太聪明"组的老鼠确实比所谓的"聪明"组的老鼠花费了更长时间来解决问题。我要再次向大家强调,这些老鼠都是从同一批次的商业渠道购买而来的,绝无任何特殊之处,但竟然得到了如此截然不同的实验结果,实在令人惊讶。学生们的实验全程都处于监督之下,绝没有在实验方法上作弊或篡改实验数据。而实验后学生们在问卷上的回答或许恰恰揭示了导致这个实验结果的原因。

当两组学生被要求评估他们对各自实验对象的印象时,那些自认为分配到了"聪明"老鼠的人给自己的实验对象在智力、清洁度、温顺、友好方面的平均分明显高于那些被认为分配到了"不太聪明"老鼠的人所打的分数。当被要求评价一下自己作为研究者的表现时,分到"聪明"老鼠的学生比分到"不太聪明"老鼠的学生更多地用到了诚实、放松、随意、专业、友好、坚定、愉快等字眼来评价自己。与分到"不太聪明"老鼠的学生们相比,分到"聪明"老鼠的学生们在操纵实验对象的过程中更加安静和温和,而且操纵实验对象的时间也更长。研究者的期望在不知不觉间影响了他们的实验操作行为,使得"聪明"组老鼠相较于"不太聪明"组老鼠处于更有利于学习的条件中。

因此,这项研究得出了一条结论:为了避免研究者对实验结果产生影响,他们不应知道自己正在进行的实验的目的,这也就是我们所说的"盲实验法"。当然,上面这个故事只揭露了动物实验中存在的众多陷阱之一。

乌鸦和汽车胡桃夹子

拉封丹并不是唯一一个愿意相信鸟类有思考能力的人。乌鸦的许多行为时常会引发人们这样的联想,尤其是乌鸦会把猎物从高处扔下,使其摔死或摔碎在坚硬的表面上,至少有6种乌鸦都做出过这种行为。行为学家雷托·扎克(Reto Zach)[4]观察了水美鸦(*Corvus caurinus*)的采食行为,这种乌鸦以一种海生腹足类动物(*Nuceus lameuosa*)为食,它会将食物摔到海岸的岩石上以打碎外壳。扎克甚至还验证了乌鸦会根据猎物的大小和外壳的坚硬程度来调整掉落猎物的高度。猎物越大,越难摔碎,它就会把猎物从越高的高度扔下,来增加猎物一次就被摔碎的概率。而如果阿拉斯加乌鸦发现周围有同类伺机利用猎物掉下来的时机将其偷走,那么它就会将猎物从较低的高度扔下来。为了不给竞争对手时间偷走猎物,它宁愿多扔几次。这一行为似乎十分狡猾,乌鸦看起来也似乎知道自己在做什么。可是,虽然乌鸦根据猎物的大小和竞争对手的存在调整自己行为的现象表明它像拉封丹笔下的猫头鹰一样,会为自己的行动制定策略,但这并不能证明其行为里有目标意识。乌鸦对自身行为上的调整无论多么符合逻辑,都可能仅仅是对环境条件的无思考反应。

另一个来自美国西海岸的物种,短嘴鸦(*Corvus brachyrhynchos*)会把生长在美国加利福尼亚戴维斯地区的胡桃(*Juglans regia*)摔落在坚硬的表面上。然而,1974年,一位名叫梅普尔[5]的人发表了一篇观测报告,报告中声称戴维斯周边的乌鸦会利用路过的汽车替自己碾开胡桃。根据梅普尔的描述,当一辆汽车驶近时,乌鸦会故意把一个胡桃放在路面上,这样当汽车从上面驶过时就会碾碎坚果的外壳。这个故事与拉封丹的故事很类似,都真实地观察到某个行为,这种行为似乎证明了一只鸟的聪明才智。人们普遍认为鸦科鸟,如大乌鸦、小嘴乌鸦、喜鹊、寒鸦、松鸦等,是鸟类中最聪明的,所以也更容易接受上述故事中的观点。不过,故事虽然看起来有说服力,甚至是引人入胜的,但科学要求我们,至少在排除其他可能的替代性解释之前,要对这样的轶事持一定的怀疑态度。

于是,该地区的一组研究人员针对上述现象进行了考证和分析[6]。如果乌鸦是有意识地利用汽车帮它们压碾坚果,那么当有汽车靠近时,乌鸦应该更频繁地出现在路上,而且乌鸦扔下胡桃的频率在有汽车前行时应该比没有汽车前行时更高。并且,乌鸦应该在有汽车靠近时把坚果扔在马路上并离开,而当没有汽车时不这么做。

为了尽可能客观地检验这些预测,观测者们选择集中观察两条出现过乌鸦留下橡子现象的繁忙街道。他们在其中一条街道上累计观察了超过 16 小时,在另一条街道上累计观察了超过 8 小时。每次看到飞来嘴里叼着橡子的乌鸦时,他们就会留意记录下此时是否有汽车正在接近。记录结果显示乌鸦叼着橡子来到路边时有 231 次有车辆靠近,还有 231 次并没有任何车辆靠近。观察者们还必须记录乌鸦选择把橡子掉落在马路上的时机,以及它在飞走时是否放开了橡子。

观测者们经过系统地记录和统计,在数据的支撑下得出结论,无论是否有车辆接近,乌鸦的行为方式一直都是相同的。它们一直在做同样的事,那就是把坚果扔在坚硬的地面上,来把它们打碎,乌鸦并不关心是否有汽车。尽管看起来像是有意为之,但乌鸦们并没有把汽车当作胡桃夹子。这不过是人类一厢情愿的看法而已。

喜欢滚积木的海鸥

对那些将巢驻在地面上的鸟儿来说,当父母孵蛋换岗时,或在给窝里的蛋翻个儿的过程中,时常会出现鸟蛋从巢中滚出来的情况。因此,我们常常能看到鸟儿发现蛋滚到了鸟巢边缘,会试图将蛋滚回来。鸟儿会站在鸟窝里,把脖子伸向蛋,然后用它们的喙把蛋滚向自己。尽管这种行为看似与当时的情况存在逻辑关系,但是这些会这么做的鸟类,如鹅、鸭子或海鸥,给人们提出了许多问题,正如我们对拉封丹笔下的猫头鹰怀有的疑问一样——这些鸟儿只是像机器一样机械地行动,并没有意识到此举目的何在,还是在有意识地行动?它们是否知道自己正在捡回自己的蛋,或这只是一种纯粹的反射行为?为了解答这些问题,最初的行为学家们在研究中引入了诱饵的使用。诱饵是一种人工制作的简化物体,用于探究触发动物自然行为的必要条件。

为了分析海鸥滚蛋这一行为的触发因素,荷兰行为学家杰拉德·P.巴仑兹(Gerard P. Barends,1916—1999)和雅各布·P.克鲁伊特(Jakob P. Kruijt,1928—2002)用假蛋诱饵做了一个实验。如果鸟儿做出的是有意识的行为,那么它应该会选择滚动一个看起来正常的鸟蛋,而不会去管其他不正常的蛋。因此,研究人员趁海鸥外出时,在它们巢穴的边缘放置了两个不同的诱饵,然后躲起来观察海鸥到底会把哪一个诱饵滚进巢里。研究人员为假蛋诱饵设计了不同的体积:有的比真蛋的正常体积小很多;有的则大很多。他们还准备了一系列白色、棕色和绿色的诱饵,并区分成添加或不添加斑点的两类。研究人员甚至还把假蛋做成了圆片儿状,并分别涂上了白色、棕色、绿色,在此基础上也做成有斑点的和没有斑点的。

从拟人论的角度出发,我们推测在这些不同的假蛋诱饵中,海鸥应该更倾向滚动长得最接近于天然真蛋的诱饵。然而结果出人意料,事实并非如此!面对大小不一的诱饵,海鸥更喜欢滚动体积最大的诱饵,却把最像真蛋的诱饵留在巢边不予理睬。哪怕假蛋的体积已经大到海鸥无法孵化的地步,它们还是会义无反顾地选择这颗蛋!除了体积,颜色也会影响海鸥的选择:相比白色的诱饵,海鸥更青睐棕色的;相比于单一颜色的,它们更喜欢有斑点的;相比于棕色的,它们又更喜欢绿色的。想象一下,当观察者们看到一只海鸥把一个巨大的绿色斑点块儿往巢里滚,却不理睬旁边长得像真蛋的诱饵时,他们该有多么震惊。虽然一切表象似乎都在表明鸟儿有逻辑和智慧,但截至目前为止,几乎没有任何证据能证明海鸥理解自己行为的目的何在……

寓言启示

我们对这个世界的认知从自己的所见所闻而来,也就是说,我们是自身认知的唯一评判者。我们自己身上发生的事情,童年的经历、爱好、挫折和困难、父母的性格,所有这些都是自身见闻的一部分。正是这些各自独立且唯一的事件影响着我们对世界的认知,我们从这些事件中汲取人生的教训。奇怪的是,我们学习到的"超凡的教导"往往的确足以应对我们生活中的难题,但这些教导却只基于最浅显易懂的"常识"。有时候常识也会引导我们产生一些并非与客观现实相统一,而是与自身期望相一致的偶然联想,或迷信、不真实的观点及结论。

科学的方法,主要是实验的方法能够得到长足发展,正是因为我们从对偶然联想和见闻的观察中得出的结论往往是草率且错误的,而后导致我们作出了错误的选择。如果我基于自己的个人认知,相信我的猫拥有和我一样的认知能力,那么我就会对《小老鼠和猫头鹰》这个故事深信不疑。拉封丹言之凿凿,难道他不认为自己故事中讲述的一切都是真实发生的吗?虽说"眼见为实",但我们必须超越眼睛所见,对事件进行深层的剖析才能挖掘出真相。

想想美国加利福尼亚戴维斯地区的科学家们,他们花费了超过 24 小时实施了一项经过了深思熟虑的实验计划,实验的地点选择在乌鸦和汽车出现数量相当的两条街道上,他们做了数百次记录,所做的一切都是为了记录关于乌鸦把坚果带到道路上的情况。而为了观察海鸥在巢穴里滚动鸟蛋的情况,那些荷兰的行为学家们花费了上百小时,甚至数百小时去制作诱饵。戴维斯的科学家们所做的如此大量的工作都是为了评估乌鸦把汽车当作胡桃夹子这一看起来十分具有说服力的行为观察究竟是否属实。荷兰行为学家们花费的所有时间、付出的所有努力都让我们了解到,一个物品体积越大、颜色越绿、斑点越多,在一只海鸥的眼里就越像一个蛋。当海鸥滚动的蛋看起来比较正常时,就给人一种错觉,人们会认为海鸥做出这种行为是因为它能意识到这是自己的蛋。然而,科学家们给海鸥安排了外观不同寻常的蛋(诱饵),通过这种方式"询问"海鸥是否知道自己在做什么,人们才意识到海鸥护蛋只是一个表象:其实海鸥并不知道自己的行为是在挽回自己快要丢失的蛋。

由此我们不难看出,科学的进步是缓慢且乏味的,每一步都来之不易。科学并不总说我们想听的话。在动物领域的科学探索中,坦率地说,人们确实很容易把科学验证的繁琐过程抛诸脑后,而直截了当地相信自己的直觉,并相信直觉就是事实。可是,这种拟人倾向的直觉和推论是很危险的。这些看起来有趣的想法和推论会将我们困在"人类认为的即动物所想的"思维舒适圈中,并不能让我们真正地了解动物。哺乳动物、鸟类、昆虫,那些甲壳动物,以及蝎子和鲨鱼,若想要真正了解这么多种类的动物所居住和生活的世界,需要极大的耐心和聪明才智。动物认知学通过巧妙设计的实验,让人们逐渐了解某些动物的想法[7]。然而,就目前的研究结果来看,在许多情况下,动物们虽然表面上看起来像是在有目的地活动,但事实上正相反,它们并不理解自己所执行的行为目的何在。

我从拉封丹创作的这篇寓言故事中学到的是,眼见不一定为实,不可屈服于相信直觉这一诱惑;相反,我们必须有耐心,也许还需要一定的勇气,去通过实验来检验我们认为已经理解的东西。对那些真正关心动物福祉的人来说,这是十分重要的一课。

第 2 章 自然选择与传染病

—龟兔赛跑[①]—

跑得快还不算,
及时出发是关键。
野兔和乌龟赛跑,
就能够证明这一点。
"咱俩打赌,"乌龟说,
"那里就当目标,
你不见得比我早跑到。"
"不见得早跑到?
你简直是疯了吧?"
快兔子回敬道,
"我的大嫂,

---

① 本书第 2 章至第 7 章的寓言故事引自:拉封丹. 拉封丹寓言[M]. 李玉民,译. 北京:人民文学出版社,2021.

要用嚏根草的四粒果实，
你必须治一治。"
"疯也罢，不疯也罢，
反正我要赌一把。"
事情就这样决定，
他们俩的赌注
都放到那目标附近。
什么赌注不必细谈，
也不必了解谁当裁判。
我们的野兔，
只需几步就能达到目标，
我是指被追捕的速度，
看看要被猎犬逮着，
他就像箭一般，
消失得无影无踪，
让猎犬在荒原上搜寻。
且说野兔忙里偷闲：
他有时间吃草，
也有时间睡觉，
还可以听一听
是从哪儿刮来的风，
就让乌龟爬行，
像元老那样老态龙钟。
乌龟出发了，
她奋力向前，

速度虽然慢,
却不断往前赶。
然而野兔瞧不起
赢了乌龟的胜利,
在打赌中胜出,
也不算什么光彩,
他认为晚出发,
才能显出大气
于是吃草,休息,
除了这场打赌,
他对什么都感兴趣。
最后他忽然发现
对手快跑到终点,
他赶紧像箭一样出发,
但是怎么冲刺,
也都无济于事:
乌龟头一个到达。
"怎么样!"乌龟冲他喊,
"让我言中了吧?
你跑得快有什么用?
最终还是我取胜!
你若是再背一间房,
还不知道会落多远?"

这则寓言令人印象深刻,因为原本极可能输的一方却出人意料地获得了胜利。这和谦逊、矮小的少年大卫仅用一支简易的弹弓便击倒了巨人歌利亚的故事①有异曲同工之妙。其实,病原体和人类之间的斗争也是如此。病原体十分微小,我们用肉眼根本看不到它们,尽管如此,病原体却能让人类病入膏肓,甚至死亡。现在大家都知道,我们和这些小到看不见的微生物身形大小差异悬殊,但彼此在斗争中各有胜负。我们与传染病的斗争便是人类和病原体之间的竞赛。这场竞赛的结果无法预测,既受到参赛者各自实力的影响,同时也取决于双方在竞赛中使用的策略。龟兔赛跑的故事已经告诫我们不要过早地自诩为胜利者,然而,人类在与病

---

① 在《圣经》故事中,年轻的牧羊人大卫(David)与身为腓力斯丁人首席战士的巨人歌利亚(Goliath)相比,身形矮小、毫无作战经验,但他仅凭借手中的弹弓(另说凭借石头或甩石机)重创了歌利亚,并用利刃割下了歌利亚的头颅,就此一战成名。后又经历一系列事件,大卫成为以色列联合王国第二代国王,定都耶路撒冷。——译者注。

原体的竞赛中屡屡重蹈覆辙，总是单方面地宣布战胜病原体，殊不知这场比赛还远未到结束的时候。

延续千年的竞赛

生存就是一场竞赛。这样说是因为对生命世界中的每个生命体而言，第一要务都是创造关于本物种的新个体，也就是繁衍后代。这一使命并不是某个神灵赋予的，也不是哪个人强加的，由于单个生命体终有一死，所以为了物种的延续，繁衍就成了必然的结果。单个生命体的生命虽然十分短暂，但正是由于它的祖先繁衍了后代，此时此刻它才能存在于此。后代保证了我们在时间上能够永恒存在。一旦脱离了血统，家族繁衍的物种势必将湮灭于时间的长河中，就此不复存在。无论是蜘蛛、鼩鼱①，还是鼠海豚，都有一个共同之处，那就是它们都会繁育幼崽，这一特点是像石头、山峰或行星这样没有生命的物体所不具备的。一直延续到如今的所有物种都经历了无数代个体的生命传承，每一个个体都需要留下足够多的后代，才让我们至今仍然可以看到这个物种的身影。从生命之初，在所有可能的生命形式中，只有那些能够最频繁、最忠实地进行自我复制的个体才能留下后代，

---

① 鼩鼱（qú jīng）(*Sorex araneus linnaeus*)，体型小，以蚯蚓、昆虫等为食物，长相很像老鼠。

与我们共同生存在如今的这个世界里。目前地球上存在的多种多样的生物都是这场延续千年的竞赛中的一员。

然而,历史见证了这场竞赛中的一些选手并未成功冲过终点线。生存竞赛还在继续,但这些选手却停滞不前。美国和苏联在冷战期间进行的军备竞赛就是一个例子。冷战期间,每当其中一方试图积累更多的核弹头时,另一方也被迫增加更多的核弹头,你来我往,武器越囤越多,但并没有哪一方从这种行为中获得了任何长久的利益。参赛双方就好像在同一台跑步机上跑步一样。每当其中的一个参赛者试图甩掉另一个,他只会加快跑步机的速度,迫使另一方也跑得更快,结果就是两人都越跑越快……实际上却一直在原地踏步。

不同物种之间也会发生这种性质的竞赛。病原微生物与其宿主之间的较量尤其如此。有一种"红心王后"现象,这种现象得名于英国作家和数学家刘易斯·卡罗尔[1](Lewis Carroll,1832—1898)的童话作品。刘易斯将红心王后的反常世界设置在镜子的另一端,在那里只有不断奔跑才能留在原地。而在病原体与宿主的竞赛中,病原体会尽力躲避来自宿主的防御,而宿主也丝毫不敢懈怠,以免被病原体的新花招打败。宿主和病原体就像在红心王后的世界里各自奔忙,在同一台跑步机上跑得气喘吁吁,事实上却仍然停在原地。

在与病原微生物斗争的过程中,人类也曾经历过一次严峻的"红心王后困境"。我们本以为这只是一场和传染病之间的常规较量,在发现并使用抗生素遏制住病原微生物之后,就单方面宣布了人类的胜利。毕竟,在抗生素类药品被发明出来之后,我们成功治愈了包括梅毒、淋病、肺炎和结核病在内的大量细菌性疾病。于是人类犯了和兔子一样的错误,认为这种化学药品创造的一时优势能让我们比自己的敌人——病原体早得多地到达比赛的终点线,因此我们像兔子一样放慢了前进的脚步;就在人类停下休息的时候,我们的对手"乌龟"却一直在前进,当人类再一次抬起头时,我们惊恐地发现,原来病原体一直在我们的身边,从未被消灭。而且,病原体还加快了前进的速度,针对我们用来遏制它们的药物进化出了相应的抵抗力[2]。所以我们应当继续比赛,不断努力更新我们的抗生素武器。

当然,打从发现与病原微生物的竞赛尚有久远的征程后,人类重新回到了赛道,但毕竟"一味跑得快并无济于事;重要的是及时出发"……然而寻找新特效药的尝试变得越来越困难,代价也越来越昂贵。终于,我们惊讶地发现,人类不管如何努力,始终都陷在红心王后的世界里停滞不前,我们当下使用的比赛策略是否已经无济于事了呢?到了改变方法、采用新策略的时候了——顺应反常世界。

操纵比赛

无论是环法自行车赛还是马拉松赛,比赛中总是不乏投机取巧之人。有些马拉松运动员就曾在比赛中作弊,比如2008年巴黎马拉松赛中就有一位选手在比赛途中公然乘坐地铁,简直令人惊掉下巴!自从奥运会要求运动员接受兴奋剂检测以来,某些具有世界反兴奋剂机构认证的实验室和运动员之间的金钱交易就没有断绝过,甚至在整个代表团的运动员都服用兴奋剂的情况下,也能让他们全部过检。有时,作弊是由外部因素造成的,比如1993年的法国足球丑闻,当年在法国足球甲级联赛马赛队对阵瓦朗谢纳队的比赛中,有球员收受贿赂踢了假球。这种操纵比赛的行为并不仅仅局限于体育竞赛中,当人类介入其他物种间的竞争中时,也在人为地操纵它们的竞赛。

人类有时会干预其他生物的竞争,以确保给我们带来最大收益的个体能够获胜。比如,人类会在原鸽(*Columba livia*)中选择性格最温顺、最不爱轻易更换巢穴,且方向感最好的个体,将它们培育成能够帮助人类快速、可靠传递消息的信鸽。我们还对狼(*Canis lupus*)群中较为温顺的个体给予生存帮助,从而驯化出能够帮助人类打猎或保护羊群的犬类。对于猫科动物(*Felis catus*)也是如此,人类喜欢像暹罗猫或孟加拉猫那样更具美感的猫咪,便大量培育这些特定品种;也会在马(*Equus caballus*)中选择最强壮或奔跑速度最快的种类,对其人为进行大量繁殖。也就是说,我们选择让那些能为人类服务的个体赢,因为这些个体能为我们提供更多的牛奶、更好的羊毛、更肥美的肉,或者帮助我们更快地传递信息。

人类在植物世界中也用了同样的办法,人类选择那些对自己有利的植物进行驯化和培育。想想看那些植物中的新种类:卷心菜、西兰花、甘蓝、抱子甘蓝,都是人类从十字花科(*Brassica oleracea*)中培育出的不同变种。如果没有我们的持续干预,这些变种很可能会消失,被那些更能适应环境、能够野蛮生长的竞争变种打败。

这些新种类能够存在,就是因为人类操纵了它们的生存竞赛。或者换句话说,以上这些通过人为手段产生的改变,对那些在我们帮助下生存下来的动植物来说并不总是一件好事。那些人为保留下来的特性只对人类有益,对于生物自身却不一定有利。这与我们对致病敌人——病原体发动的灭绝战争不同,我们对这些动植物实行的是一种战略干预,以促进物种符合人类自身需要的性状表达。那么,当面对病原体微生物时,我们是否也可以改用驯化其中对人类有益种类的方法呢?我们是否可以考虑让病原体中毒性最弱、更符合人类需求的个体种类获胜呢?

让乌龟获胜

所有的病原体微生物都是寄生者。它们将我们的身体作为一个临时的栖息地并在其中进行繁殖。但所有病原体个体的致病性并不都是一样的。有些病原体只会暂时引起轻微不适,而有些则会以迅如闪电的速度杀死我们。然而无论它们的毒性强弱,为了能够生存更长时间,所有病原体都必须不惜一切代价避免宿主死亡,不然它们就会和宿主同归于尽。因此,病原体必须不断地感染新个体,也就是说,从一个宿主跳到另一个宿主身上——它们曾经用来繁殖的临时居所,也就是旧宿主,会因为它们的寄宿多多少少受到一些损害和削弱。正如生物学家和用进化法治疗传染病的先驱保罗·艾沃德(Paul Ewald)所说的那样,若想驯化微生物,必须首先了解受感染的宿主在病原体的传染过程中扮演了一个什么样的角色[3]。

艾沃德以霍乱为例做了相应解释。霍乱是一种可怕的传染病,如今在一些没有用适当措施处理废水或没有饮用水处理厂的地方依然肆虐。当霍乱发生时,引起霍乱的霍乱弧菌(*Vibrio cholerae*)会大量繁殖,留下尽可能多的后代,从而赢得与同类之间的竞争。这一过程分为两个阶段。第一阶段,霍乱弧菌会释放一种毒素,将宿主肠道内的菌丛全部杀死,避免来自它们的竞争,以此实现在宿主体内的快速增殖。第二阶段,在占领了整个肠道之后,霍乱弧菌便会采取一种极其高效的传染策略——令感染者出现严重的急性腹泻,这样一来,数十亿被繁殖出来的霍乱弧菌后代就能通过废水进入江河湖泊,它们只需要静静等待被喝掉,然后在新宿主体内重复这一凶残的过程。就这样,霍乱弧菌实现了快速传播。传播的载体并不是宿主而是水系统。艾沃德解释说,这样,霍乱弧菌即便拥有十分剧烈的毒性和致病性也无妨,因为它的传染并不会因为宿主行动能力迅速下降而受到影响。

所有生物体都具有多样性,霍乱弧菌也不例外。在弧菌这种物种内部也一定存在着毒性各异的个体。比如我们不能排除霍乱弧菌的某些谱系可能会导致不那么剧烈、不那么严重或不那么致命的腹泻,从而使受感染的宿主能够继续某些活动,不至于完全丧失行动能力。可是就算存在弱毒性个体,这些弱化的版本也总是会在生存竞争中输给毒性更强的个体。不幸的是,越是那些无所不用其极的弧菌,越能迫使宿主排出更多的水分,好将其后代大量释放到外部环境中,因此它们也具有了更强的传染性,更能在生存竞赛中占得上风,而宿主因大量脱水在几天之内快速死亡并不影响弧菌的传播和生存。驯化之道正是建立在这种能够识别和放大某一个有利特性的能力之上,在这个例子中,弱毒性的霍乱弧菌就是那个有利特性。

霍乱也可以通过被带有弧菌的手摸过的表面、食物残渣和唾液飞沫进行传播——虽然这些方式的传播速度没有依靠水媒介那样迅速。但很显然,这种传染途径的效率会随着接触面积和人数的增加而增大。若要达到这个目的,就需要宿主更活跃、移动能力更强,那么接触传染才能蔓延得更广。在这种传播途径之下,强毒性的弧菌由于会使宿主过于迅速地失去了行动能力而落到不利地位。与之相反,弱毒性的弧菌依靠这种方式传播时如鱼得水。因此,为了使弱毒性的霍乱弧菌获胜,必须设法增加宿主在传染过程中的效用,同时限制另一种传播途径:通过水系统的被动传染。

艾沃德认为,要使这种被动传播无效,只需要对饮用水进行处理即可,加氯消毒法可以去除粪便对水造成的污染并杀死弧菌。这条途径被封死后,霍乱弧菌就只能依靠宿主与他人的接触进行传播了。这样一来,弧菌中致病程度最轻的那些个体将获得最多的传播和繁殖机会。久而久之,这种对霍乱菌株的人工选择最终甚至能改变这种疾病的本质。这个过程可能需要几年的时间,但请大家注意,处理饮用水引发的霍乱弧菌的演化最终并不会完全消灭霍乱,而是将其驯化成为一种发病不那么猛烈,当然也不再那么致命的疾病。艾沃德建议人类应该操纵霍乱弧菌不同个体间的生存竞赛,让其中的弱者获得胜利。

保罗·艾沃德确信这种微生物驯化的原理可以应用于许多其他传染病的防治,比如疟原虫感染引发的疟疾。感染了疟原虫的按蚊(*Anopheles*)通过叮咬将其传染给人类。疟原虫将人类作为孵化器,但受感染的个体并不会进一步将疟原虫传染给别人。疟原虫是依靠蚊子在人和人之间进行传播的。事实上,对传播疟原虫最有帮助的人是被最多的蚊子叮咬过的那个人①。还有比一个虚弱地躺在那里,长时间神

---

① 事实上从按蚊的角度来看,我们人类才是导致按蚊被感染的罪魁祸首。人们一直很好奇疟原虫在蚊子身上会引发哪些症状。人们猜想或许疟原虫能使按蚊食欲增加,以刺激按蚊叮咬更多其他生物的个体。

智半清的人更容易成为被叮咬目标的吗？所以，击垮宿主使其丧失活动能力这件事对疟原虫是有好处的，因为这样更方便蚊子对其进行叮咬，使传染更有效率。和霍乱弧菌一样，疟原虫中的"兔子型"个体将会不出所料地赢下这场生存竞赛。

艾沃德认为人为干预疟原虫个体间的竞争，使"乌龟型"疟原虫（也就是毒性较弱的个体）胜出也是可行的。同样可以肯定的是，那些会引起较轻症状的疟原虫个体也确实存在，被这种疟原虫感染的人还能保留某些活动能力。显然，一个行动敏捷的人肯定不会毫无防备地让蚊子靠近，而且有更大的概率在蚊子吸血时一掌将它拍死，叮咬这样一个感染者肯定会更加困难。这可能就是大幅削弱宿主活动能力的兔子型疟原虫，能在传染竞赛中击败较温和的乌龟型疟原虫，从而一举获胜的原因了。

所以，为了帮助乌龟型个体获胜，一定要让兔子型个体的传染效率低于乌龟型个体。那么既然病人和卧床不起的人几乎不是躺在家里就是躺在诊所里，所以只需要在窗户上装上纱窗，防止蚊子进入室内就可以了，如此一来就在很大程度上降低了按蚊接近疟原虫宿主的可能性。那么疟疾只能通过另一条途径进行传播了——就是那些已经感染了疟原虫但仍然能在外活动的人。防蚊纱窗的使用将极度不利于兔子型疟原虫的传播，最终导致乌龟型疟原虫成为这一种群中的优势种。与此同时，感染疟疾后症状最轻的宿主将在按蚊叮咬传播中发挥主导作用。我们通过使用纱窗和加氯消毒法，选择出了病原微生物中对人类有利的变体，使其成为种群中的优胜者。就这样，人类通过作弊的方式操纵了乌龟型个体的胜利，万岁！

莫助兔子一臂之力！

与不需要保持宿主健康就能传播的霍乱和疟疾不同，许多诸如感冒之类的呼吸道和轻型传染病却要依靠宿主的活动才能确保传染。因此，虽然得了这些疾病虽然很不舒服，却不会像得了霍乱或疟疾那样有生命危险。这些疾病通过受感染者发出的飞沫和气溶胶进行传播，所以需要人与人之间的近距离接触才会传染，当然，也可以通过与沾有飞沫和气溶胶的表面接触传播。这样一来，携带病原体的感染者自由活动的时间越长，他们与潜在感染目标的接触就越多，致病微生物也会传播得越广。所以对于这些传染病来说，那种能使宿主迅速丧失活动能力的兔子型病原体远不如另一种既能使宿主出现咳嗽和打喷嚏症状，同时还保留了其移动能力的病原体传播得快。

生物的自然变异性表明，在这些传染病的病原体中毒性更强的兔子型个体，由于它们太快地削弱了受感染的目标，导致传染源被切断，反而限制了自身的传播。这些毒性强的病原体个体数量虽然少，却一直存在，只待条件适合便可将乌龟型病原体取而代之。所以我们一定要小心，不要疏忽大意，莫给这些兔子型个体可乘之机！艾沃德表示这种情况在第一次世界大战结束时就发生过一次，当时一些特殊的条件使一种普通的流感病毒演化成了一种高度致命的版本，进而引发了西班牙流感①的肆虐。

那场骇人听闻的流行病可能是在一连串特殊事件的催化下形成的一种特殊事态，原本这种流感病毒的最致命版本——那些通常没有机会广泛传播的个体在战争背景下战胜了一直以来需要依靠宿主进行传播的温和个体，在传播中占据了上风。这些毒性更强的病原体使宿主的身体在短时间内迅速衰弱，很快丧失活动能力并死亡，它们在与乌龟型个体的赛跑中像吃了兴奋剂一样将对手反超。一方面在第一次世界大战期间，因感染流感而丧失活动能力的虚弱病人和其他许多未受感染的伤员混住。另一方面，战壕迫使士兵们不得不长期近距离接触，士兵们从一个战壕或战场转至另一个战壕或战场的频繁调动进一步助长了传染的蔓延。大量的伤员中既有感染了流感的患者，也有未受感染者，他们全

---

① 在1918年的西班牙大流感中，有2500万至1亿人死亡（当时的世界总人口仅约17亿人）。然而"西班牙流感"并不源自西班牙，"零号病人"也并非出现于西班牙。究其原因，主要因为当时全球处于第一次世界大战，英、法、美、德等参战国都实行严格的新闻管制，而中立国西班牙的媒体不受管制。因此，西班牙媒体不需要报道战争，关于本国的流感情况成为主要报道内容。在此情况下，似乎是西班牙的流感情况最为严重，引起了全球最大的危机，其他强势国的媒体趁势将这场严重的传染病称作"西班牙流感"，就此流传下来。

第 2 章　自然选择与传染病

被挤在相同的救护车里,先是被集中送到野战诊所,随后又被送到人满为患的医院。正是当时这样特殊的环境,使得那些感染了重型流感、虚弱无力的病人与许多未受感染的伤者有了密切并长期的接触,所以在正常情况下几乎没有传播机会的致命版流感病毒突然得到了广泛的传播。

除此之外,来来往往的医务人员扮演了疟疾传播中的蚊子和霍乱传播中水系的角色,使病毒一下子传播开来。兔子型病原体不再需要依靠宿主的活动就能制造新的受害者!

更为恐怖的是,这是一场世界范围内的大战,包括流感感染者在内的所有伤员都被塞进了同一批运输船,病毒在船舱中扩散,随着伤员的登陆蔓延到世界上的各个角落。就这样,欧洲的一场流行病终于演变成了世界范围内的大瘟疫。艾沃德认为,正是人类无意间的行为造成了有利于兔子型病原体传播的局面,让一个普普通通的流感演化成人类近代史上严重的大流行病之一。

寓言启示

作为一名进化行为学家和生物学家,我认为这则寓言对于生存竞赛很有启发意义。人类可以左右与自身相关的生存竞赛,但一定要谨慎行事。

在与致病敌人的多次交手中,我们到目前为止犯过两个错误。第一个错误是相信人类可以一劳永逸地打败病原体,第二个错误在于我们所采取的对战策略对病原体并没有任何影响。我们忘记了自己身处于镜子的另一端,也就是红心王后的世界中,在这里只有拼命奔跑才能留在原地。正如我们在和病原微生物的赛跑中累得精疲力竭,却从未向前迈进一步。我们的加速只会迫使病原体加速演化,所以妄图一劳永逸地将它们击败十分不切实际,也十分轻率。进化生物学是一门专门研究生物之间竞赛的科学,艾沃德正是从这一学科的角度出发,建议人类要学会操纵生物间的竞赛,阻止这台生存的跑步机永远加速下去。

在对抗病原体的竞赛中,人类被第一批抗生素的成功研发冲昏了头脑,就像寓言中的兔子一样,错误地认为只要借助化学疗法的东风奋力一搏就能获得最终的胜利。当我们停下来庆祝胜利的时候,乌龟们却还在耐心地继续比赛,它们运用自己的比赛策略出乎意料地跑到了与我们比肩的位置,同时将这台跑步机的速度带动得更加快了。

我们必须跑得更快,但这一次面对这些耐药的超级细菌,我们呆愣在原地手无寸铁,毫无还手之力。人类已经跑得几乎上气不接下气,因为再没有简单易得的方法来增加化学抗生素武器的威力了。开发新的抗生素产品正在变得越来越困难、越来越昂贵,而且这种方法也只会再一次将竞赛提速。就算开发出了新的抗生素药品,细菌也将不可避免地再一次产生耐药性,减少用药量只会让抗药性出现得更晚一些而已。显然,我们需要改变比赛策略。

到目前为止,我们针对红心王后王国中的竞赛研究出了一些有趣的应对方案,其中利用同样具有进化能力的生物体来对抗病原体的策略尤为引人关注。事实上,某些细菌的毒性取决于它们之间相互合作的能力。在这种情况下,毒性来自它们之间的社会行为。例如,绿脓杆菌(*Pseudomonas aeruginosa*),又名铜绿假单胞菌,是一种机会性病原体,当皮肤因割伤或烧伤而受损时,它会感染人类。绿脓杆菌的个体之间互相合作。它们需要借助宿主体内的铁元素来进行繁殖。为了获取铁元素,绿脓杆菌进化出了一种社会性策略,它们的毒性必须通过合作才能产生。绿脓杆菌个体会合成并释放铁元素的探测器,这些探测器进入宿主体内寻找循环的铁元素并与之结合在一起。一旦捕捉到了铁元素,探测器又会漂移到某一个绿脓杆菌表面的附着点,将自身依附在上面。探测器并没有特定的主人,被释放出去之后,它可以把铁元素带给自己的合成者,也可以带给其他的绿脓杆菌。绿脓杆菌个体需要产生探测器和附着点。然而,总有些绿脓杆菌个体会在这一过程中投机取巧,它们不产生和释放探测器,只在自己表面建立附着点。这样一来,它们既可以获得铁元素,也不会因为生产探测器而耗费大量的能量。寄生于其他个体产生的探测器,这些作弊的细菌个体会比诚实的个体繁殖得更快。

佐治亚理工学院的美国科学家萨姆·布朗(Sam Brown)等[4]研究出了一种驯化这种细菌的进化疗法。他们提议可以人为促进作弊品系大量繁殖,由于毒性更强的细菌将大量能量都耗费在了产生探测器上,所以最终作弊品系将取代毒性更强的细菌,达到对抗感染的目的。当毒性更强的诚实细菌数量大幅减少之后,那些作弊的绿脓杆菌也会因为缺乏铁元素而死去。因此,一些科学家受到了红心王后世界的启发,在研制治疗传染病的药品武器库中也运用了一种达尔文式的思想。但在实际应用中,这种治疗思路在治疗性健康研究中仍然处于边缘地位。

当然,我不能对眼前的境况视而不见:2019年底开始暴发的COVID-19新冠疫情肆虐,已经导致数百万人死亡。我本人十分认同:在一种致命传染病大肆传播的紧急情况下,人与人之间需要保持一定的间隔距离,防止过于密集,这样才能够有效地缓解恐慌并减少传染。在几近饱和的医院里,那些仍然奋战在抗疫前线的医务工作者们和那些努力保卫着广大群众健康的公共卫生医生们都值得我们钦佩。

然而,我们也必须承认,这种致命的流行病已经在几乎全世界范围内掀起了一场人工选择的"实验",诸如保持一定距离、戴口罩和隔离有症状的病人等措施都是这场"实验"中的人工干预手段。不知不觉中,通过在世界各地系统地推行这些基本的卫生措施,我们发起了一场人类历史上最大的人工病原体选择运动。人们每天都在因疫苗接种、隔离措施、新出现的传染性更强且极有可能更加致命的病毒变种而议论纷纷,却从未关心目前采取的防疫措施和不断出现的病毒变种之间是否存在一种潜在的关系。

我们还必须承认,我们面对的是一个正在不断进化的生物实体。同其他生物元素一样,在病毒感染的细胞中所构建的数十亿个病毒粒子①中,总会存在传染能力不同、毒性强弱也各异的变体。病毒也会变异,但每一种变异种能否存活都取决于它的繁殖环境。病毒需要在寄主体内繁殖后代,然后再从一个寄主传给另一个寄主,以确保自身进化的持久性。如今,我们首先通过隔离措施减少了人与人之间的病毒传播,随后对已经感染的病人进行了医学救治,病毒的繁殖环境已经被改变了。

这些防疫措施真的对病毒和病毒之间,以及病毒和我们之间的竞争不存在任何影响吗?由于不清楚人类究竟可以在新冠病毒的演变中发挥什么作用,我们已经在不知不觉中采取了兔子的竞赛策略。人们坚信我们能研发出一种技术,比如疫苗或治疗方法,迟早会使人类发起最后的冲刺,一劳永逸地赢得这场与病毒之间竞赛的胜利。我十分感激各国政府提供了数十亿欧元的公共资金用以支持世界各地许多实验室的研究,以研制和生产针对 COVID-19 的有效疫苗和药物。这一举措十分必要,我向所有在研究中心和大学工作的研究人员致以崇高的敬意。但是,如果能够将 COVID-19

---

① 所有病毒都是由数十亿个病毒粒子组成的,我们将单个病毒粒子称为病毒体。

研究的巨额资金中的一部分拨划给进化方向和进化药品研究的实验室,以支持进化论专家针对我们在紧急情况下对这种病毒采取的所有选择性措施可能产生的后果作研究,或许会对疫情防治更加有益。毕竟"跑得快还不算,及时出发是关键"。

第 3 章 从交流到操纵

— 狐狸与乌鸦 —

乌鸦老板栖在高树梢儿，
嘴叼一大块奶酪。
狐狸老板循香味来到树下
对他大致说了这番话：
"乌鸦先生，您好哇；
您真漂亮！我看您帅呆了！
实不相瞒，如有副好嗓儿
能同您那身羽毛相当，
您就称得上这林中的凤凰。"
闻听此言，乌鸦颇为不悦，
为了亮一亮他的好嗓儿，
大嘴一张，到嘴的美味便失落。

狐狸得了奶酪,又说道:
"老兄啊,千万记牢,
奉承这就靠爱听的人活着。
这一课完全值一块奶酪。"
乌鸦不禁满面羞惭,
他发誓再不受骗,可惜有点晚。

20 世纪 60 年代,当我还是一个小孩的时候,我特别喜欢看《火星叔叔马丁》这部电视剧。该片讲述了一个外星人由于飞碟坠毁,无奈之下只能和一家地球人一起生活。虽然这位外星人的外表和人类无异,却掌握超能力,一家人一直试图向邻居隐瞒这位火星人叔叔的真实身份,还由此引发了一系列令人啼笑皆非的故事。比如,马丁的头上能展开天线把自己隐身,他只用手指指着一件物品就可以毫不费力地将它隔空移动。我们所有人都梦想拥有他那样的能力。但其实,我们可能并不需要拥有火星人的特殊力量也能做到这一点……

有一次,我和其他乘客正在等待搭乘从加拿大蒙特利尔飞往法国巴黎的航班,却突然被告知登机口有所变化。一时之间,一百多号人几乎同时开始向新登机口移动。我们这一群人加起来可超过一吨重了,这群人一下子移动起来,就好像被火星叔叔马丁用手指指着隔空控制了一样。三言两语间,有形的物体居然被施加了如此大的力量,每每想到这里我仍惊叹不已。想象一下,把每个乘客从一个登机口运送到另一个登机口需要耗费多少力量,而只用几句话竟瞬间就完成了这项任务,这件事展现了言语近乎神奇的力量。在《狐狸与乌鸦》的寓言故事里,狐狸用几句话把一块奶酪①从乌鸦

---

① 在《伊索寓言》中,乌鸦嘴里叼着的是一块肉,对狐狸来说,肉似乎比奶酪更有吸引力。

的嘴里移到了自己嘴里,让我们又一次见识了语言的奇妙。

交流可以通过手势、声音、叫声、歌声、气味和颜色实现。这些交流行为和洗澡、筑巢、逃避危险等其他行为一样,它们之所以存在,是因为这些行为对行动者有利,能确保其繁衍出更多的后代。交流行为的特殊之处在于,发送者的利益是通过另一个个体——接收者来实现的。交流的信号需要至少一个接收者接收,否则就不会给发送者带来任何利益。若没有听众,交流就无从谈起。因此,信息有接收者是交流存在的前提。

可是,接收者是怎样在自然选择的机制下,保留下不是由他自己,而是由发送者作出的行为呢?答案是:为了使自然选择促进交流的发生,接收者的反应必须对发送者有利。由此就构成了交流一个基本特征,但也是一个与生俱来的缺陷:交流产生于操纵。机场发出的信息操纵了等候的乘客,使机场管理部门能够以一种非常有效和廉价的方式管理人员的流动,进而从中受益。乘客的反应对他们自己也很有帮助,因为他们可以借此更容易地找到正确的登机地点。

这种对双方都有利的信息交流是一种最好的情况,但情况并不总是如此。既然交流的目的是操纵他人,发出的信号对接收者会造成何种影响就不在发送者的考虑范围之内了。正因为如此,就像《狐狸与乌鸦》的寓言描述的一样,在交流中,有时也会出现对信息接收方不利的情况。

交流不仅限于信息交换

在对交流的定义中,很多仅仅将其局限于信息的交换,这是具有误导性且不充分的。我们以猫头鹰和田鼠之间的一种很常见的信息交换现象为例。猫头鹰的听觉十分灵敏,能够捕捉到非常微弱的声音。它的耳朵在头部两侧并不对称,这使猫头鹰能够精确定位声音的来源。所以,当一只田鼠在夜间移动时,猫头鹰能识别田鼠爪子与植物摩擦时发出的轻微沙沙声,并以外科手术般的精确度扑向田鼠。虽然这是无意间的行为,但田鼠和猫头鹰之间确实存在着信息的交换,而这并不等同于人们通常理解的交流。交流不能只是一个无意的行为导致的结果,它必须能够在自然选择的影响下不断提升交流信号的效率。然而,在猫头鹰和田鼠的例子中,自然选择反而促使田鼠最大限度地抑制自己发出的信号,猫头鹰则尽力提升自己的听觉敏锐度。如果说,交流是在自然选择的影响下出现的一种真正的适应行为,那么正如我在一开始所说的那样,它必须有利于发出信号一方的生存。田鼠的情况显然与之不符,这种信息交换属于猫头鹰的侦察活动,而不属于交流范畴。如果没有这个天生的缺陷,信息交流便不足以向着乌鸦所遭受操纵的方向演变。

植物虽不会移动,但它们能作出选择,从这种意义上我们可以说植物也具有行为能力。有些植物通过影响花粉授粉的速度,让能使自身受精的花粉顺利抵达胚珠。还有一些植物在受到食草动物的啃食后,会开始合成一种用于自我保护的物质,使它们的叶子变得更坚硬,更难消化。20世纪80年代初,研究人员发现当某一区域的临近植物均受到啃食时,锡特卡柳树(*Salix sitchensis*)会增强自身对食草动物的抵抗能力。从那时起,人们又陆续发现许多其他植物,如烟草、西红柿、糖槭树和玉米等,也会在周围植物被吃掉时增强自身对食草动物的抵抗能力。这是因为邻近同属植物的受损组织中会释放特定的挥发性物质,促使尚未被食草动物啃食的植物个体开始合成用于自我保护的物质。简而言之,被吃掉的植物会向其他植物发出危险预警,从而让后者能够提前做好保护自己的准备。可这种行为是沟通吗?受攻击的植物发出信号是否是一种适应能力?该种植物在发出信号之后能否提升自身的生存能力?事实上,预警气味似乎只对探测到信号的植物个体有利,因为接收到信号的植物可以提防即将到来的攻击。所以,这个例子和田鼠的例子相似,这种所谓的植物之间的交流更像是一种侦察活动,并不是一种操纵行为。

鱼类也因为能释放警报物质而被人们错以为具有交流能力。这一现象由奥地利行为生态学家卡尔·冯·弗里希(Karl von Frisch,1886—1982)首次发现,他与其他两位科学家共同开辟了行为生态学的分支并获得了诺贝尔奖。真鳉

(*Phoxinus*)①是一种小型淡水鱼,冯·弗里希发现,当把一条受伤的真鱥鱼放入鱼群中时,这条鱼会释放一种警报物质,引起鱼群的恐慌。警报化合物来自受伤的鱼皮。由于发出警报的气味来自伤口,冯·弗里希只需把鱼组织磨碎,就可以制造出这种警报化合物,并将其运用到实验中。当真鱥鱼被捕食者(如白斑狗鱼②)抓住时,它的皮肤被捕食者锋利的牙齿撕破,受损的细胞液进入水中。而白斑狗鱼将猎物吞下之后,回到它的狩猎点继续伺机捕食,但是猎物的细胞液却告知那些能够探测到它的鱼:附近可能有捕食者出没!同样,这种信息交换也是只对信息接收者有利,而对信息发送者并无好处。

在上述植物之间和鱼类之间的信息交换中,发出信号的形式、浓度或传递信号的效率几乎不会受到自然选择的任何影响。因此,这种发送信息的能力也不会因为对其他个体产生了好的影响而不断进化——发出信息的个体既然都成了捕食者的猎物了,它们必然不能比其他个体拥有更多的后代。换句话说,在这几个信息侦察的例子中,只有那些能够感知到信息并对其作出适当反应的个体才会在自然选择中脱颖而出,因此并不能让接收者发展出操纵行为。我们在

---

① 真鱥(guì),鲤科鱥属的一种鱼类,俗称柳根子,分布于欧洲和我国黑龙江水系和额尔齐斯河水系。个体小,一般 5 厘米体长时性成熟。——译者注
② 白斑狗鱼,大型凶猛肉食性鱼类,成年雄性体长最大可达 100 厘米,雌性可长达 150 厘米,在天然水体中,一些大的个体体重可达 35 千克,食量大。

《狐狸与乌鸦》的寓言中看到的操纵行为与植物或鱼类的侦查行为并不相同。狐狸说出的话不是受伤后的产物,这些由他精心组织过的语言只是为了让乌鸦口中的奶酪掉下。只有在真正的交流中,才有可能出现这种对信息发出者有利而对接收者不利的操纵。

在被吃掉的植物或受伤的鱼与同类之间的信息交换中,信息是在完全无意的条件下发出的。传递的信息不会受到自然选择的塑造,也就不可能成为一种适应能力。与之相反,还存在一些看起来"有意为之"的信息交换。如果我说蚂蚁或夜莺能"有意图"地释放某种信号,你可能会对此表示质疑。你的怀疑很有道理,因为我所说的不是动物自身的意图,而是它发出信号的意图。你可能又会想,这也说不通啊:信号怎么会拥有意图呢?事实上,在行为生态学中,如果某个信号的特征在自然选择的作用下对接收者的作用日益增强,我们就将其定义为一个"有意图"的信号:因为这种信号能对其他个体造成影响,所以它会向着增强自身诱导性的方向进化。

爱情的香气

家蚕(Bombyx mori)雌虫漫长的一生都在吞食桑叶中度过,破茧而出之后,它的心里只有一个信念,那就是在产卵之前使卵受精。然而,这只寻觅爱侣的小蚕蛾可没有约会软件,这个世界对它来说太大了。因此,为了加速受精进程,未受精的雌性会散发出一种叫作蚕蛾醇的气味。这种能被雄蚕蛾察觉到的气味能为雌蚕蛾带来更多的受精机会,所以对于发出这种气味的雌蚕蛾是有利的。由此,我们可以认为是自然选择留下了那些能够散发更具吸引力、更能有效操纵雄蚕蛾香气的雌蚕蛾。这个信号被认为具有"吸引雄性的意图",是雌蚕蛾进化出的功能。一旦卵子受精,雌蚕蛾就会停止散播蚕蛾醇,这也印证了上文的观点。

其实这个例子与机场中更换登机口的例子道理相同,雄蚕蛾和等待航班的乘客一样,虽然被操纵了,但也从中受益。自然选择将留下更容易被操纵的雄蚕蛾,它们向着对蚕蛾醇具有更高感知和敏锐度的方向进化,直到进化出即使在只有单个蚕蛾醇分子存在的情况下,羽状触须也能立刻感知到的个体。雌蚕蛾通过散发香气告知自己的位置,雄蚕蛾心甘情愿被这种令人陶醉的香气驱使,努力寻找它的来源。雄蚕蛾在这场交流中被雌蚕蛾操纵,但并未受到任何损失,这和寓言中乌鸦的情况完全不同。

识踪寻途

蚁群和所有群居性昆虫一样,都作为一个整体共同工作,供养它们的蚁后不断繁殖。工蚁[①]为它所在群体的利益

[①] 工蚁,是指没有生殖能力的雌性蚂蚁,无翅,一般为群体中最小的个体,但数量最多。

而工作,这使得蚁后能够繁殖出更多具有生育能力的后代,这些后代再去建立新的集群。正如保罗·萨巴蒂埃-图卢兹第三大学的法国行为学家盖伊·塞劳拉兹(Guy Theraulaz)指出的那样[2],在蚁群的生存模式下,每只工蚁都会自然而然地加入一种需要集体智慧的行为中。在这种工作方式下,每只蚂蚁个体面临的重大难题就是空间问题。一般来说,工蚁必须去相当远的地方寻找食物,再把食物带回蚁巢,有时还会遇到体积特别大的食物,比如一具虫子的尸体或一群蚜虫,因此,团队协作的方式会使蚂蚁的食物探寻工作变得高效许多。

当一只工蚁带着第一批食物回到蚁巢时,它会用腹部在回来的路上留下信息素,信息素的气味会在短时间内留存。当另一只工蚁也出去寻找食物时,它如果探测到了信息素,就会跟着这条痕迹一路找到食物的源头。第一只工蚁留下的信号操纵着第二只工蚁去协助第一只发现食物的蚂蚁。当第二只蚂蚁带着食物回到蚁巢时,它也会留下一条信息素的痕迹,这条痕迹与前一只蚂蚁的痕迹叠加在一起,便能召唤越来越多新的蚂蚁加入搬运食物的队伍。被引导到食物源并从源头获取食物的工蚁数目增加后,这一嗅觉信号也会成比例地增强。当食物被搬空时,到来的蚂蚁就会越来越少,路上的信息素也会逐渐消失。这套嗅觉信号系统统筹协调工蚁的工作,使它们具有惊人的凝聚力和效率。所以我们可以推测出,在自然选择的影响下,工蚁留下的化学痕迹的效力、挥发性及其被其他工蚁探测到的容易程度,以及说服其他工蚁跟随它的能力都会逐渐增强。出于这个原因,不管工蚁的神经系统发生什么变化,我们都认为这是一种有意发出的信号。这种信号之所以存在,是因为它能在非常特定的情况下操纵其他个体。

翩翩起舞的蜂群

意大利蜂(*Apis mellifera*)的工蜂拥有一套令人叹为观止的通信系统。和蚂蚁一样,它们也会长途跋涉获取稍纵即逝的食物。这些觅食者外出活动的大部分时间都用于寻找食物,它们的食物是当季的、暂时可用的花蜜。当一只工蜂在某处发现了大片盛开的花朵时,它就会飞回巢穴,在蜂巢的上方跳上一段特别的舞蹈,舞蹈路径呈一个"8"字形的回路:工蜂会先朝一个方向转圈飞,随后调转过身来,再往回飞,如此循环往复。飞到"8"字中心时,蜜蜂会快速地从左到右摆动腹部。其他蜜蜂看到后就会聚集在它的身边,跟随这只蜜蜂去往蜜源地。

蜜蜂转圈的线路并不是随机的,而是与地面呈一个特定的角度。这个角度表示食物源相对于太阳方向的角度。蜜蜂腹部振动的强度代表蜜源距此的距离,舞蹈的速度和强度则指示了待开采蜜源的整体质量。有了这些指示信息,其他工蜂不必刻意寻找也能轻松找到花朵的位置。

在这个例子中,蜜蜂发出的也是一种有意图的信号:这种信号显然对发送者有利,并且只在特定条件下才有意义。很明显,我们讨论的所有属于交流行为的情况都对发送者和接收者同时有利。那么,虽然信号的接收者确实处于被操纵的地位,但既然交流的结果对它是有利的,我们还能将其称为一场操纵吗?

说谎还是操纵?

在《狐狸与乌鸦》的寓言中,狐狸通过阿谀奉承设法操纵乌鸦的行为,毫无疑问,是一次货真价实的操纵行为,因为在狐狸的言语操纵下,乌鸦掉落了口中的奶酪,狐狸从中获利。拉封丹在这个故事里暗指人类在与他人交往时并不总是诚实这样一个缺点。所以,在寓言的启示部分,作者提醒大家"必须要提防阿谀奉承的人"。

正如我们在上文中看到的那样,动物虽然也会交流,但它们交流的内容中并非广泛充斥着谎言和操纵。诚然,有些动物在交流中也会撒谎,即故意发出错误的信号,比如在没有危险的情况下发出警报的叫声,以吓跑竞争对手。但撒谎这种行为不可能永远持续下去。重复几次之后,错误的信号就会失去可信度,最终被同类忽略。这和另一个寓言故事《狼来了》是一个道理。故事中的小男孩在没有危险时假装呼救,以此戏弄村民,当狼真的来时就没有人再来帮助他了。

这就是谎言在动物之间没有那么普遍存在的原因!

然而,凡事总有例外,从以下这些案例中我们能够看出操纵和谎言的约束所在。汤姆·弗劳尔(Tom Flower)和他在南非开普敦大学的同事们一起研究了叉尾卷尾鸟(*Dicrurus adsimilis*)身上普遍存在的说谎行为[3]。这种黑色小鸟长着叉形尾巴和红色眼睛,它会在没有任何危险的情况下发出警报的叫声。它这样做是为了吓唬多种其他的鸟类和哺乳动物,迫使受到惊吓的动物扔下嘴边的食物落荒而逃。这样一来,叉尾卷尾鸟就能窃取食物,大快朵颐。不过,这种鸟之所以能一直靠着谎言骗吃骗喝,正是因为它并不是每次都撒谎。当捕食者真的到来时,叉尾卷尾鸟经常会发出警报声。因此,听见它报警的其他动物永远也不知道它究竟是否在撒谎。如此一来,谁会愿意冒着生命危险对它的报警置若罔闻呢?

除此之外,叉尾卷尾鸟还能完美地模仿其他动物的警报声。有了这个本领,它就能躲在暗处,模仿其他动物的声音发出假警报,就算多次作案也不会被戳穿。这种鸟还真是鸟如其名,机敏非常。它懂得只有将谎言和真实的信息掺杂在一起,才能长久维持下去,若缺乏真实的信息,操纵也就无从谈起了。

还有一些行家里手根本不用依靠谎言去操纵他人。往往越是危险的动物越是这样,它们之中有些携带致命的毒液,能把毒液从伤口注入其他动物体内;有些自身带有毒素,贸然以它们为食十分危险。许多这类的动物都会发出信号，表明它们是危险的。以蝙蝠蛇科①（$Elapidae$）动物为例。这科在毒蛇中毒性是最强的，它们遍布鳞片的整个身体上交替呈现红黑相间的环状图案，以此作为危险信号。这样的花纹十分引人注目，能让其他动物对它敬而远之。德国动物学家弗里茨·米勒（Fritz Müller, 1834—1895）发现，许多有毒或危险的动物都发展出了类似的信号来彰显自身的危险性，因此这一现象被命名为"米勒拟态"（Mullerian mimicry）。例如，几种常见的能够叮疼其他生物的昆虫，如胡蜂、熊蜂和蜜蜂，在外观上都具有一个相同的、十分容易辨认的信号，那就是黑色、黄色、橙色或白色交替的条纹。这一类的操纵行为对信息发送者和接收者双方都是有利的。

然而，这种诚实的信号也给了一些无毒害物种以可乘之机，它们在自己身上发展出了和有毒物种同样的外观信号，用撒谎的形式来伪装自己。英国博物学家亨利·沃尔特·贝茨（Henry Walter Bates, 1825—1892）首先发现了这种现象，这种现象此后便被称为"贝氏拟态"（Batesian mimicry）。食蚜蝇科（$Syrphidae$）的苍蝇将自己伪装成蜜蜂就是一个典型的贝氏拟态现象。起初，这种模仿并不需要惟妙惟肖，食蚜蝇只要与蜜蜂看起来相似，就能趁捕食者犹豫不决之际迅速逃走。但显然，被一个本可以成为盘中餐的猎物这

---

① 蝙蝠蛇科，是长得像眼镜蛇的一系列蛇组成的分类。——编者注

样操纵,对潜在的捕食者来说十分不利。因此在自然选择的作用下,捕食者的辨别能力逐渐提高,这使它们能够识别出模仿者。但与此同时,食蚜蝇的模仿能力也越来越强,使其更难被捕食者辨认。总之,在这场操纵行为中,操纵者和被操纵者之间将发生一场进化竞赛。竞赛伊始,模仿从来不需要尽善尽美,只要足够具有迷惑性即可;但随着进化竞赛的进行,欺骗方的伪装能力和接收方的识别能力都将最大限度地被发挥出来。假如你碰巧遇到一只食蚜蝇正趴在花朵上采食花蜜,你就能看到它的腹部和蜜蜂的相似度已经达到了难以分辨的地步,但它的头部却明显还是苍蝇的样子。目前而言,食蚜蝇腹部的伪装似乎已经足以迷惑天敌,让它摆脱困境。

可能你会产生疑惑,为什么捕食者会一而再、再而三地被这种谎言所迷惑呢?这就和叉尾卷尾鸟在发出的假警报中也会夹杂真警报是一个道理,食蚜蝇释放的虚假外观信息与真正危险的昆虫的信息也是混合在一起的。捕食者不能完全忽视食蚜蝇发出的外观警告信号,因为它很有可能不是食蚜蝇,而真的是一只蜜蜂或熊蜂。所以只要食蚜蝇出现的频率不算太高,捕食者就会甘愿被这个谎言所操纵,因为对它来说判断失误带来的风险是无法承受的。

还有许多其他物种身上也出现了贝氏拟态现象,我们目前已知的有:黑条拟斑蛱蝶(*Limenitis archippus*),它们会将自己的花纹伪装成有毒的黑脉金斑蝶(*Danaus plexippus*)的花纹;以及牛奶蛇(*Lampropeltis triangulum*),它们的外观神似世界上最毒的毒蛇——珊瑚蛇①。

先天缺陷

操纵作为交流最原始的任务,在鹿科动物仪式化的搏斗和多种鸟类的求偶行为中展现得淋漓尽致。发情期的雄性马鹿的两个鼻孔在寒冷潮湿的空气中冒着热气,咆哮着威胁对手,这是它们的交流方式,整个场面充斥着一种震撼人心的美感。不过最令人印象深刻的可能还要属鸟类求偶时的交流场面。鸟类在求偶过程中刻板僵硬的姿势、执着的重复和怪异的步态为我们展示了一个与人类截然不同的世界。

新几内亚的华美极乐鸟堪称这些怪诞求偶活动中的冠军,我们在互联网上可以很容易地找到这种鸟类求偶时的精彩片段[4]。雄鸟们在求偶过程中将全身所有五颜六色、装饰华丽的羽毛尽数展开,在无动于衷的雌鸟面前小步跳跃,看起来就像是不明飞行物一般,实在是怪诞极了。我们常常把表演这种求偶行为的雄鸟当成整个求偶过程的主角,但请注意,实则不然。真正的主角,也就是所有这些怪诞行为的起源其实是外表平平无奇、对雄性装腔作势的表演一直冷眼旁

---

① 珊瑚蛇,毒蛇类,分布于美洲大陆(或称新大陆)的珊瑚蛇属(*Micrurus*)、拟珊瑚蛇属(*Micruroides*)及细尾珊瑚蛇属(*Leptomicrurus*)蛇类统称为珊瑚蛇。体纹亮丽,一般以黑色为基调色,表面有着鲜艳的红色、黄色、白色斑纹,起落交替,十分夺目。

观的雌鸟。它在一旁仔细观瞧、检查、比较、评估这场为它特定出演的节目的质量,雄鸟在表演中尽力展示最能打动雌鸟的技巧,唯一的目的就是说服雌鸟答应自己的求爱。雌鸟所有这些羽毛、声音、姿势和颜色存在的目的都是在试图说服它、操纵它。

那么雌鸟为什么会犹豫不决呢?这是因为对于这些普遍一夫多妻制的物种而言,雄鸟不需要投入任何精力抚养幼鸟,所以一只雄鸟会选择与尽量多的雌鸟进行交配。而接受与其交配的雌鸟将不得不独自完成产卵和抚养幼鸟的工作,这要付出相当大的代价。因此,在将自己的全部精力都倾注在繁育后代这件事之前,雌鸟会十分慎重地选择一个确定能让它产下最优质的幼鸟的雄鸟。要想找到最好的配偶,当然不能对第一个飞来的雄性轻易应允,必须要耐心观察对方是否在虚张声势,仔细检验对方的各项真实品质,不放过任何蛛丝马迹。想要打动雌鸟,光泽的羽毛、协调的运动、动听的声音,所有这些品质缺一不可。

经过世代的繁衍,自然选择留下了那些外貌特点最为鲜明的雄鸟和最不容易被骗子或模仿者愚弄的雌鸟。于是,自然选择便沿着这两个方向继续演变下去,雄鸟的外观持续地发生改变,与雌鸟的感觉敏感度及偏好越来越匹配。以被追求的雌鸟的性偏好为导向,雄鸟的外貌最终进化成雌鸟青睐的样子。

在这场互相说服的竞赛中,雌鸟越是对来自雄鸟的操纵无动于衷,雄鸟的外貌特征就会进一步被夸大。对于雌鸟迟疑的态度,雄鸟采取的进化措施是以坚持、持续、重复的态度不断证明自己。这种"坚持-抵制"的恶性循环和广告的原理十分类似。电视、广播和社交媒体上的广告为了让我们相信某个品牌的产品质量优良、极具价值,会坚持重复播放,一直到我们不知不觉中认同了广告的宣传。竞选的宣传也运用同样的道理。候选人的形象和口号会被张贴在墙上、柱子上、商店门面上,无处不在。目的在于一遍又一遍地重复强化人们对候选人的印象。这种行为正是抓住了交流本质中的先天缺陷并将其运用到了极致。由此可见,比起信息交换,操纵才是交流行为最核心的特征。

寓言启示

英国牛津大学的理查德·道金斯(Richard Dawkins)和约翰·克雷布斯(John Krebs)在1978年的著作中提出关于交流的这种观点,该书以现代行为学为基础开辟了一个重要分支——行为生态学[5]。在他们看来,能够定义交流特征的并不是信息的传递,田鼠和猫头鹰的例子就能证明这一点。交流首先应该是信息发送者有意为之的一种行为,只有当其对接收者产生的影响于发送者有利时,这种交流行为才能被自然选择所保留。至于发出的信号对接收者可能产生什么影响完全不影响其本质。从这个定义的角度出发,一切形式的交流都可能发生。

这种观点并不排除互惠共生的情况，也就是说接收者也能从自己对信号的反应中受益。在互惠共生的情况下，自然选择将促使接收者向着反应能力更强的方向进化，随着接收者对其信号敏感度的逐渐提升，发送者也会调整优化发出的信号。如此，交流就可以像家蚕释放蚕蛾醇，工蚁留下信息素那样，朝着更加有效的方向发展。但是，交流与生俱来的缺陷——原始的操纵倾向仍然存在，交流的这种原始特性为操纵和说完全或半真半假的谎言大开便利之门。我们已经知道叉尾卷尾鸟会在交流中撒谎，但它很小心，不会以太高的频率滥用欺骗信号。以食蚜蝇为代表的外貌伪装者也在与其他物种的交流中撒了谎。所有贝氏拟态的动物行骗者之所以能够持续依靠这招生存下去，是因为它们将谎言掺杂在了可靠的信号之中，其他动物如果忽视它们发出的信号就可能会付出极大的代价。信息接收者抵抗操纵的能力越强，发送者就会在自然选择的作用下进化出更加强大的说服能力。

这是一个交流无处不在的世界。当信息发送者和接收者双方都能从中获益时，两者间就会发展出谨慎且不引人注目的交流方式；而当拒收信息对接收者有利时，发送者就会不厌其烦地发出高调张扬的信号。在拉封丹的故事结尾，乌鸦发誓不会再上当受骗，但事实却很有可能是它迟早还会受到某个利用诚实的大环境谋求一己私利的操纵者欺骗，再次成为谎言的受害者。

第 4 章 动物的集体智慧

— **老鼠开会** —

一只猫名叫罗狄拉杜斯
吓得老鼠都四散逃匿,
现在难得见到老鼠,
大多被猫送进坟墓。
幸存的寥寥无几,
谁也不敢离开洞穴。
洞里没有什么食物,
眼睁睁只好挨饿。
在这些可怜的鼠辈眼里,
罗狄拉哪里是猫咪,
简直就是一个恶魔。
且说有一天这位风流猫,
到远邻的房顶去找相好;

就趁他和他的情妇狂叫欢舞的时候,
幸存的老鼠就聚到一起,
在一个角落里召开会议,
讨论面临的困境。
辈分最高的老鼠,
也一向慎言慎行,
他首先就提出,
给猫脖子挂个响铃,
罗狄拉每次进攻,
响铃就会报警,
他们马上钻进地洞。
此老只会这一招,
事不宜迟,越快越好。
大家都同意元老先生的主张,
都认为这样防范才更牢靠,
难办的是怎么把铃给猫系上。
一个说:"我决不去,我可不是大傻帽。"
另一个说:"我也办不到。"
开了会就这样一散,
结果什么事也没有办。
这样的会议我见过许多,
不仅仅鼠辈,还有僧侣,
甚至包括议事司铎的会议。

如果只是空议论，
朝廷的顾问多得很，
一旦需要有人执行，
那就抓不到一个人影。

这则寓言略带嘲讽地揭露了这种不管遇到什么问题都要开会制定解决办法的做法。创作这则寓言的伊索和对其进行改编的拉封丹,一个侍奉巴比伦王,一个生活于"太阳王"路易十四治下。两位寓言作家在故事中讽刺的正是那些只会无休止地召开会议磋商和空谈民主的君王们。如今,君主专制早已不复存在,寓言中对这种制度的讽刺似乎也已经过时了。但我给大家讲述这个寓言的用意并不在于此。两位作家想以群鼠会影射合议制度存在的缺陷——显然,如果说成是狮子开会并不足以彰显议员们的怯懦。选择像老鼠这样臭名昭著的动物才会更加形象生动,惹人发笑。

但伊索和拉封丹可能不知道,生活在同一群体中的老鼠们会就食物问题彼此交换信息。这才是这个寓言吸引我注意的原因:是时候让大家知道老鼠真的会开会了,而且开会对它们大有益处!

神秘的老鼠

我们正讨论的"老鼠",实际上涵盖了多种动物。在伊索生活的时代,"鼠"这个词似乎用来代指所有的啮齿动物,如田鼠、小鼠和大鼠。伊索笔下提及的老鼠指的应该是当时生活在希腊和中东的黑家鼠(*Rattus Rattus*)。通过以上地区与东方的贸易往来,黑家鼠也来到了西欧,成了中世纪传播鼠疫的罪魁祸首。而后,就在拉封丹过世不久后的 18 世纪,另一种老鼠——挪威鼠(*Rattus norvegicus*)开始在法国定居下来。挪威鼠体型更大,也更具侵略性,甚至逐渐挤占了黑家鼠的生存空间,法国博物学家布冯(Buffon,1707—1788)根据其褐色的毛色和体型将它命名为"褐家鼠"。但这两个名称指的确实是同一种老鼠。我在书中讨论这种老鼠实际上有许多名称,有时被称为褐鼠,有时被称为褐家鼠、灰鼠,甚至沟鼠,但不管使用的是哪个名称,大家需要知道,我们常说的"老鼠"指的就是这种挪威鼠。

坊间流传着许多关于老鼠的可怕传言,比如它们的个头有"多么大",它们是食肉动物,甚至会爬进摇篮里啃食婴儿,因为它们啃电线、剧院的电缆、船只的绳索,导致了许多灾难……老鼠成了恐怖电影的灵感来源,20世纪70年代的一部恐怖电影《威拉德》(*Willard*)[1]中就出现了一个镜头,展现出一大群嗜血成性的老鼠①。

实际上,人们对老鼠这种夜间活动的小型啮齿动物的自然习性知之甚少。当然,对此,老鼠自己要负一定的责任,因为它们只在晚上出来活动,其他时间大都藏身于臭气熏天的下水道和潮湿阴暗的地下。然而,恶劣的栖息条件并不是阻挡人们研究其行为的唯一障碍。动物行为学研究得以推进的前提在于被研究个体的身份必须是确定的,这样对其行为

---

① 《威拉德》的导演是丹尼尔·曼(Daniel Mann),该电影于1971年上映。影片讲述了威拉德本有两个好友,分别叫作苏格拉底(Socrates)和本(Ben)的老鼠,但苏格拉底惨死于威拉德同事的脚下,因此威拉德和本组建了鼠群大军复仇的恐怖故事。

第4章 动物的集体智慧

的研究才有意义,例如对"莱奥"和"罗伯特"之间的攻击行为研究。再比如,我们需要知道"B8"是"B12"的兄弟、"C14"的表亲。或者"罗克珊"允许"莱奥"与它交配,却拒绝了"罗伯特"的求爱①。如果没有这种个体识别的能力,就很难真正理解一群动物个体内部复杂的社会性交互关系。

这就是为什么在进行任何行为学观察之前,不管观察对象是什么动物,科学家都必须给它们做上记号。举例来说,如果我们的研究对象是蜜蜂,研究人员就会在它们的胸膛上粘贴带编号的小圆片。如果研究对象是麻雀,研究人员则会在它们腿上戴上彩色的圆环;鹅会被戴上项圈。

到了老鼠这里,问题来了,老鼠是群居动物,它们会形成有社会组织的群体。想要研究老鼠的科学家发现它们总是聚集在一起,一到了晚上,除了猫,谁也分不清这些老鼠谁是谁。这还不算完,如果要在野外观察老鼠,你必须鼓起勇气,强忍它们栖息地内令人作呕的环境,深入鼠穴,想办法把这些老鼠一只一只地抓住,单独做好标记,再把它们一只一只地放回去。要完成这项工作就需要设置一种能够确保在不伤害老鼠的情况下将它困住的有效陷阱,然后再把老鼠抓在手里,在它的头上画上记号点,或在尾巴上涂上记号。很显然,做记号时的第一要务就是佩戴防护手套,因为老鼠是一

---

① 文中"莱奥""罗伯特""罗克珊""B8""B12""C14"都是科学家给每只老鼠起的名字。

种野生动物，常会受到天敌的追捕猎杀，它们一旦被抓住就会变得惊慌失措，所以也绝不会在人的手里乖乖就范，一定要采取防护措施防止被它咬伤，感染疾病。此外，对于老鼠这种啮齿动物来说，被做上标记的确相当于将其自身暴露于可怕的危险之中。每只老鼠身上都带有自己所在小群体的特殊气味，这是保证它能在自己的领地内和同伴自由活动的通行证。身上没有这张嗅觉通行证的老鼠可就倒霉了。而给老鼠做上用以识别它的标记后，它身上的气味也必定会发生改变。因此，研究人员虽然只是给老鼠做个标记，在人类看来并没有什么，却会给老鼠带来灭顶之灾，它们轻则会被逐出群体，重则会被群体中的其他老鼠暴力攻击至死。综上所述，老鼠虽然常见，想研究它们却并不容易。研究人员只能放弃在其生活的自然环境里观察它们，而是另寻其他的条件进行观察研究了。

小白鼠成为研究对象

小白鼠应运而生。拉·封丹如果得知有朝一日在科学实验室里出现了数百万只老鼠，恐怕要惊掉下巴。事实上，有数百种挪威鼠的品系都非常适合进行实验研究，比如其白化品种。小白鼠来自野生个体，经过人为杂交，使其攻击性降低，减少它们被抓住时咬人的倾向，同时也降低它们对人类的恐惧感。小白鼠的栖息地就在实验室的笼子里，这样一来，研究人员就可以很方便地对它们进行标记和研究，了解老鼠的生理习性或其体内各种激素的作用。

有了小白鼠这种理想的实验对象，许多医学实验都得以实现，研究人员可以在小白鼠身上测试某种药物抑制癌细胞转移的效果，或者某种消炎药的疗效。20世纪起源于美国的实验心理学和比较心理学也以小白鼠、小家鼠和鸽子为实验对象进行了大量行为研究。不过，把小白鼠作为研究对象存在一个缺点：小白鼠的生理机制虽然完全是功能性的，但它们的行为模式在驯化的过程中很可能已经发生了改变，所以人们可能会质疑，以小白鼠为研究对象到底能否让我们真正了解野生老鼠的行为……

美国实验心理学家伯尔赫斯·弗雷德里克·斯金纳（Burrhus F. Skinner，1904—1990）的一个实验打消了人们的疑虑，自此之后，小白鼠就成了行为研究的代名词。实验中，小白鼠被放在一个盒子里，它们可以通过响应灯光或声音信号按压杠杆，来获得食物奖励或避免惩罚。这就是著名的"操作室"装置，也被称为"斯金纳箱"（Skinner box），主要用于研究条件反射。被关在箱子里的小白鼠由此成为了条件反射的经典代表。对包括斯金纳在内的一些人来说，这种行为只是一系列条件反射，饥饿的小白鼠之所以会按下杠杆，是因为这个动作能给它带来食物。斯金纳进而认为人类也只是一种具有应答性反射的动物，甚至否认任何自由意志的存在。要是得知了对老鼠的研究能得出这种结论，拉封丹的棺材板恐怕都要盖不住了。直到今天，小白鼠仍然是实验心理学的首选实验对象。

　　许多关于条件反射的实验心理学研究，都利用食物作为奖励。老鼠和人类一样都属于杂食性动物，也就是说它们不挑食，动物和植物都可以吃——既然什么都可以吃，就意味着必须要作出选择。然而，并非所有动物都需要在食物上作出选择。以树袋熊（*Phascolarctos cinereus*）为例，"应该吃什么"对它来说几乎从来不是个问题，因为它们只吃桉树叶。在这方面，树袋熊和大熊猫（*Ailuropoda melanoleuca*）十分类似，大熊猫是中国标志性的哺乳动物，它们的菜单上几乎只有竹子这一个选项。对于以上两种高度特化的物种来说，吃饭是一件简单的事情。食物单一的优点在于，动物对于这种特定的食物已经十分熟悉，因此食用它不会面临任何风险，且几乎没有食物上的竞争对手。但相应的，一旦因外界干扰破坏了食物来源，特化物种①就将面临断粮的极大风险。例如，一场席卷北美的荷兰榆树病过后，整个地区几乎再也见不到任何一棵挺拔矗立的榆树了。试想这样的灾难如果降临在竹子或桉树身上，熊猫和考拉恐怕要就此遭受灭顶之灾。

　　这种依赖单一食物来源的习性会使动物变得极其脆弱，

---

①　特化物种（Specialized species），指物种适应于某一独特的生活环境、形成局部器官过于发达的一种特异适应。

而具有更多样化和更具妥协性饮食习惯的动物则能适应环境中任何可得的食物。对于杂食性动物来说，某一种食物的消失并不会带来太大的问题，它还可以吃其他的。因此，一种动物能吃的食物种类越多样，就越能保护自己免受食物短缺的影响。然而，这种多样的饮食习惯也并非毫无风险——无论是动物还是植物，当它们作为猎物时都不会坐以待毙。捕食者在自己的食谱中加入一种新的食物意味着面临一种新的危险，那就是它可能无法应对一种不想让自己被吃掉的植物或动物的反抗。

动物的爪子、犄角，以及撕咬或踩踏等行为都可能对它的捕食者造成伤害。有些昆虫会叮咬捕食者，让捕食者感到疼痛，或者向其喷射出酸性或恶臭的分泌物，还有一些昆虫本身就含有剧毒。你一定想不到的是，最狡猾的猎物反而是那些不能逃跑也不会躲藏的植物和真菌。为了自卫，它们会在体内生成一些难以消化的、致幻的，有时甚至是致命的物质。

一个只吃某一种特定食物的动物可以根据自己唯一的猎物所采取的防御手段，进化出具有针对性的适应性应对措施。例如，帝黑脉金斑蝶（*Danaus plexippus*）以寄主植物马利筋属（*Asclepias*）为食，它们的身体就能够吸收马利筋产生的有毒生物碱而不会中毒。

但是，对于一个以多种生物为食的杂食性捕食者来说，想要进化出适应性措施去应对各种猎物的多种多样防御手段是十分困难的,如果面对的是一个以前从未品尝过的全新猎物,想要具备应对它的防御能力就更加困难了。不同的植物会产生各种各样的保护性物质,以防止自己被其他生物吃掉。比如,单宁这种植物分子能使果实和叶子更难被消化。我们在辣椒中发现的另一种植物分子会产生强烈的灼烧感,有些人会专门用它来给菜肴增加一点辛辣的味道,但这种灼热感已经足以使许多觅食者望而却步了。植物还会生成其他几种分子用来自我保护,如尼古丁、可卡因或咖啡因。此外,还有许多真菌会产生致幻物质。如果你在森林里迷路了好几天,饥肠辘辘,就在此时,你发现了一些野生的蘑菇,但对这些蘑菇没有任何了解,你此时就会面临所谓的"杂食者困境"[①](Omnivorous dilemma):饿死还是中毒?当然,人类可以根据自身积累的习俗和文化经验降低自身中毒的风险。以往的(悲剧)故事和(明智的)习惯在人类之间代代相传,根据这些经验,我们可以知道哪种蘑菇可以食用,而哪种蘑菇和它长得很像却有毒不能食用。

老鼠和我们人类一样,都是杂食性动物,它们能够生存至今靠的就是能够迅速适应环境中出现的任何新食物的能力。但是,在没有文化和习俗传承的情况下,老鼠是怎样能在不伤及自身性命的情况下选择吃还是不吃新出现的食物的呢?

---

① 美国教授保罗·罗津(Paul Rozin)首次发现了杂食动物面临的难题,并将其描述为"杂食者困境"(也被称为"杂食者悖论")。

习得性厌恶的特例

要保护自己免受新食物的潜在毒害,只需要记住那个会让我们生病的味道就够了。而问题在于,那些以老鼠为实验对象、在斯金纳箱中进行的条件反射实验告诉整个科学界,为了让实验对象习得某种行为,该行为和其后果出现的间隔不能超过一秒钟或两秒钟。可是,食用某种食物产生的不适往往在进食后很长一段时间才会出现,而这个时候进食者都已经忘了自己吃过什么了。因此,味觉和不适之间的联系似乎不可能通过正常的条件反射过程建立起来……直到美国西海岸的研究人员约翰·加西亚(John Garcia,1917—2012)教授有了一次偶然发现,才为这个问题找到了答案。

冷战期间,美国和苏联拥有的核武器足够把地球毁灭好几次,因此当时的美国军方试图了解辐射对健康的影响,并把这项任务交给了加西亚教授所在的实验室。出于伦理原因,这种实验显然不能在人类志愿者身上进行。因此,加西亚教授选择了最常用的实验对象:小白鼠。他在实验中制定了多种不同剂量的辐射方案,实验进行得十分顺利。过度辐射的最初显著反应类似于食物中毒,即恶心和呕吐。在多次实验操纵过程中,一个助手发现并告知了他一种从未有过的现象:在像往常一样对所有小白鼠进行了几轮辐射之后,越来越多的小白鼠开始拒绝喝水。在此之前,还没有人发现辐射会导致这种后果。

实验团队眼看就要推开一个伟大发现的大门了,可以想象他们当时多么兴奋。接下来需要解决的问题就是研究放射性为何会抑制口渴。在多次的检查和交叉检查之后,研究人员发现小白鼠这种奇怪的行为是在换了一批新的供水器之后才出现的。事实上,在所有使用小白鼠作为实验对象的实验室里,每个铁丝笼子的顶上都放了一个装满水的玻璃瓶,小白鼠可以通过瓶上连接着的一根小金属管喝水。但是加西亚教授的实验室刚刚把玻璃瓶换成了塑料瓶。一开始小白鼠似乎并没有受到水瓶更换的影响,直到它们接受了一次辐射并在几小时之后可能出现了恶心的情况,从那时起,小白鼠就开始拒绝喝塑料瓶里的水。是不是塑料瓶改变了水的味道?而小白鼠会不会把这种水的味道和受到辐射后的不适感联系在了一起?加西亚教授就这样发现了一种新的联想习得形式,即使在行为和结果之间存在相当长的时间间隔,这种习得也可以建立起来。由此,这种联系不再要求行为及其结果必须几乎同时进行。小白鼠把水的味道的改变和很久之后的不适感联系在了一起,这让研究人员得以发现一种特殊的条件反射形式,而正是这种条件反射可以让进食的小白鼠学会回避不安全的食物。

为了纪念加西亚教授的发现,这种习得性食物厌恶的反应被命名为"加西亚效应"(Garcia effect),人们针对这一效应又进行了一系列细节上的操作和广泛的研究,比如给小白鼠两种选择：普通的水和含有甜味剂（糖精）的水。小白鼠本身更喜欢有甜味的水，但如果在喝了甜水后人为施加辐射，使小白鼠出现恶心的感觉，它们就会转而去喝普通的水。当喝水和恶心出现的时间间隔在 2～6 小时时，这种习得性食物厌恶的反应达到顶峰。间隔达到 24 小时后，习得性的反应将会变弱，但仍然存在。这种形式的联想习得可以引导像小白鼠这样的杂食性动物作出食物选择，使它既能获取环境中出现的新食物，又能学会应该避免去吃哪些食物。当然，我们人类也具有这种对于食物的厌恶习得能力，但在小白鼠身上，这种特殊的适应性只与味觉有关。在小白鼠进食食物时添加某种颜色或噪音，并不能使小白鼠习得对这种食物的厌恶。

加西亚的学生保罗·罗津因其关于人类对于食物喜好和厌恶的获得性和文化性本质的著作而闻名，他可能是将杂食性动物的生态特性与这种习得形式之间的联系研究得最透彻的人。事实上，他是第一个提出杂食性动物会面临"杂食者困境"的人。出于生态原因，老鼠必须利用一切机会觅食，因此自然具有强烈的觅食好奇心，这种好奇心可能会对老鼠造成巨大的伤害，甚至导致它的死亡。当老鼠遇到一种可能的新食物时，老鼠需要作出是否将其吃下的两难选择，它们发展出了一种谨慎的策略：先只吃下很少的量，等待几个小时后再吃下一点。如果在这段时间里并没有感到不适，它就会冒险多吃一点，然后再等上几个小时之后再吃一点。

如果第二次吃下后仍然没有不适感，它就会再多吃一点，然后一直重复这个过程。正是由于具备这种对新食物的正确偏执，老鼠才能从人类设下的陷阱中逃脱。比如对于人类撒下的老鼠药，某只老鼠就算只是啃食了一点点毒饵，如果几个小时之后它感到不适，那它就绝不会再碰这种食物。但是，这种扩展食谱的方式不仅有点儿危险，而且乏味且耗时。首先，只吃下少量新食物虽然能保证不丢性命，但老鼠仍面临着健康状态受到严重伤害的风险。其次，如果这种新食物十分安全但稍纵即逝，老鼠的这种谨慎做法则会使它失去饱餐一顿的机会。

老鼠对于食物的偏执不止如此。加拿大实验心理学家本内特·小加利夫（Bennett Galef Jr.）是加西亚学说的信奉者，他发现老鼠这种啮齿动物在寻找食物时会关注其他同类的选择。加利夫已经证明，当一只老鼠与另一只已经吃过某种新食物的同伴互动过后，它会立即接受这种新食物。在这之前老鼠的习得形式仅限于单只个体的经验，加利夫的发现证明了老鼠的习得行为也可以来自对另一只个体经验的观察，这是一种罕见的模仿行为。由此可以看出，一只老鼠的喜好显然可以通过模仿的形式传递给另一只老鼠，就如同社会教育一般。这一惊人现象引起了那些主要研究灵长类动物模仿行为的科学家的兴趣。

然而，具有长期实验心理学思维习惯的加利夫并不承认老鼠具有模仿能力。对他来说,老鼠的这种行为就像加西亚发现的特殊条件反射反应一样,只是一种特殊的适应行为。他整个漫长的职业生涯全都致力于探究是什么使食物偏好这种表面看来像是文化传递的现象在老鼠群体中成为可能。他尝试了各种各样的实验组合,比如加入粉状香料、可可、肉豆蔻、卡宴辣椒或肉桂。加利夫通过严谨的实验操作发现,在看不到同伴吃下新食物的情况下,老鼠也会产生同样的喜好。即使两只老鼠被栅栏隔开,这种传递效应也会发生,但如果隔板是密封的,这种效应就不会发生。这给了加利夫一个启示,那就是这凭借的是一种嗅觉信息。终于,他发现了这种表现为模仿的行为背后的"奥秘":新食物的香味只需与一种特殊的气体——二硫化碳相混合,就能传达这种偏好。二硫化碳是老鼠呼气中的一种典型气体。当一只老鼠嗅到这种气体中混有食物的气味时,它就知道另一只老鼠已经吃过了这种食物,随后自动触发它对这种新食物的偏爱。

  以上所有的研究和发现都建立在小白鼠身上。而小白鼠能在多大程度上反映自然环境下褐家鼠的真实情况呢?来自牛津大学的法国人曼努埃尔·贝尔杜瓦(Manuel Berdoy)拍摄了一部出色的纪录片[2],相信能够打消人们在这方面的疑虑。这部纪录片采用了严谨的科学方法研究老鼠的行为,其中的小白鼠被放归在一间农场中,以此模拟自然的环境。贝尔杜瓦的纪录片表明,在生活条件允许的情况下,小白鼠的行为模式与野生鼠在各方面都非常相似。因此,我们可以相信,尽管小白鼠被驯养长大,我们对小白鼠的食物行为学观察仍然可以代表它们野生同类的真实情况。

寓言启示

自然界中的老鼠群居而生,群体中的众多具有相同群体气味的个体在一片共同的领地上组成了一个等级森严的社会结构。在这片领地上,每只老鼠个体都可以自由地探索食物,这儿闻一闻,那儿啃一啃,来满足它们对食物的好奇心。外出探索食物的老鼠最终回到它们的群体中间,这里是老鼠休息、社交、养育幼崽的地方。每只老鼠的呼吸中都带有它吃过的东西的气味。当众多老鼠相遇并互相嗅探以识别对方身份时,它们就能自动嗅到其他老鼠最近吃过的东西的气味。在对方的气息中,它们可能会闻到自己已经吃过的食物的气味。如果它们中的一只已经学会食用一种新食物,那么和它相遇的每只老鼠都会闻到这种食物的气味。因此,如果加利夫在实验室的笼子里观察到的现象在老鼠群体中间重演,那么在对食物的探索过程中,这种新的气味将使群体中所有的老鼠成员一旦遇到这种可能稍纵即逝的食物,都能立刻毫无顾忌地享用这种食物。相反,如果一种新的食物还未被群体中的任何成员列入食谱,那大家仍会对这种食物持怀疑态度,并在食用时采取一切习惯性的预防措施,此举可以帮助它们避免被毒害。

鼠群通过汇集所有成员的饮食经验,调节成员对新食物的厌恶程度,因此加利夫指出,鼠群是一个食物信息共享的中心[3]:老鼠们在这里分享它们所有的嗅觉发现。这不亚于一场老鼠的会议!

虽然伊索和拉封丹的本意是想选择一种不受欢迎的动物来讽刺纸上谈兵的议会,最终却通过老鼠开会的故事催生了一种非常超前的想法。他们的故事虽然已经讲完了,其中蕴含的启示却余韵悠长。倘若要重写伊索和拉封丹的寓言的话,老鼠仍将是故事的主角,而故事的寓意将变成:共同协商比君主的独断专行更有利于所有人的切身利益。

第 5 章 剥削者

— 知了和蚂蚁 —

知了高唱了
一夏天，
北风一送来秋凉，
她就闹了饥荒。
没有储存一点点
苍蝇或者虫肉干。
肚子饿得咕咕叫，
只好去找找
邻里蚂蚁嫂。
求她帮帮忙，
借点活命粮，
熬到明年下新粮。

"我会还的，"知了说道，
"八月之前，连本带利少不了，
我用动物的诚信来担保。"
蚂蚁有个小缺点：
助人借物不情愿。
"天热的时候你在干什么？"
蚂蚁问这个求借者。
"谁来我都给唱歌，
别见怪，不管白天与黑夜。"
"你总唱歌？那很好啊，
喏，现在你就跳舞吧。"

当我还是个孩子的时候,父亲就经常告诫我,我在长大成人后,必须能够自食其力。他的意思是,在成年后,我生活所需要的一切,比如吃的和住的,都应该靠我自己的努力获得,而不是来自他和我母亲的接济。这一席话应该会引起大家的普遍共鸣。从前,所有的人都面临着同样的现实:为了填饱肚子,人类必须追逐、诱捕、捕捞、采摘和播种,还要缝制衣服、修建住所。

显然,想要获得任何生活必需品都需要深谋远虑并付出努力。努力工作不只是人类独有的命运,而是生命体的普遍特征。就连植物也在我们肉眼看不到的地方做着无形的工作——它们将太阳能转化为化学能来构建自己的组织并合成驱虫物质。动物则必须把很大一部分精力投入寻找食物和躲避危险的工作中去。活着就要工作,没有哪种生物能够例外。

尽管如此,在拉封丹的寓言故事中,无所事事、整日歌唱的知了(蝉的俗称)与未雨绸缪、努力工作的蚂蚁形成了鲜明对比,让我们看到了总有人试图逃避这一普遍的劳动法则。其实这则寓言揭示了一个很久之后才被证实的生物学现实。拉封丹和故事的原作者伊索在讲述这个故事的时候,都没有完全遵从动物主角的自然特性。在拉封丹的故事中,他虽然描述了一只蚂蚁,但完全没有体现出蚂蚁这种昆虫的最核心特性:这只蚂蚁与蚁群之间的高度从属关系。而或许正是意识到了这一点,伊索将自己故事中的对话安排在一只知了和一群蚂蚁之间。不过话说回来,这个动物行为学上的错误无伤大雅，并不影响故事寓意的阐述。他用拟人化的手法将蝉的鸣叫比作享乐反而与现实的差距更大，主要犯了两个错误：一方面，冬季降临时，鸣叫了整个夏天的蝉都已经死了，所以它根本不会产生对食物的需求；另一方面，更严重的错误在于，鸣叫并不是一件轻松的事，蝉鸣叫并非为了享乐。针对大家对蝉鸣的成见，我想进一步作出一些讲解。

蝉的歌唱并非叫着玩儿那么简单，就像法国歌手席琳·迪翁和摇滚明星约翰尼·哈利代经常说的那样，他们是为了听众而唱。蝉也拥有自己的听众。我们中的许多人都是蝉的听众，蝉鸣已经成为我们夏日记忆中不可或缺的一部分。因此，如果能重写这篇故事，我要为蝉正名，并为它加上这样一段反击的话：

"整个夏天，你们都愉快地享受着我带来的夏日旋律，现在买票吧！"

蝉的个人演唱会当然不是为了我们人类而唱，更不是为了蚂蚁。首先，只有雄蝉才会鸣叫，鸣叫的目的只有一个，那就是召唤正在寻找雄性的雌性到它们身边。其次，这种召唤方式既不简单也不省力。整个白天持续不断地鸣叫是一项十分辛苦的工作。以我向大家介绍的动物行为学领域的观点，鸣叫的蝉付出了辛勤的劳动，但就像寓言故事中讲的那样，有人辛苦劳动，也有人想不劳而获。生活似乎总是由辛勤的劳动和可恶的剥削组成，然而在大自然中，剥削者向劳动者索取时可不会像故事中那样彬彬有礼。

温柔夏夜中的爱情诱惑

我有幸经常能在日落时分去湖边享受数小时的平静时光。我钟爱这个时刻,此时的湖面一度凝固不动,夜晚动物们的叫声渐起,声音越来越大,终于在牛蛙震耳欲聋的夜间大合唱声中达到顶峰,牛蛙①是一种在北美洲东部十分常见的蛙。在天空的余晖之下,一场延续了千年的交配仪式正在进行,下一代两栖合唱团正在孕育新生,只有我一个人对这一切茫然无知。

雄性牛蛙从六月就开始整夜鸣叫,夜复一夜,一直持续一整个夏天。它们不间断地重复着单调的叫声,不知疲倦地招唤雌性来到自己身边,"这里……这里……这里……"。雄性牛蛙通过鸣叫一声声地重复着"我在这里!我是最好的!你要找的伴侣就是我!"每个夏日傍晚,湖面在夕阳的照耀下泛起一片红光,变成了牛蛙的交配市场,在这个市场里,雄牛蛙大声吆喝着以吸引顾客的注意力,雌性牛蛙则一边听着这些叫声一边小心谨慎地选择着自己的交配对象。同理,蝉的鸣叫也是在吸引异性,并不是悠闲自得、无所事事的表现。但蝉的鸣叫更像是一份十分艰巨的工作,需要付出巨大努

---

① 牛蛙(*Lithobates catesbeianus*),又称巨蛙或北美牛蛙,它的原名源自魁北克地区原住民之一的怀安多特人的语言。

力，只有拥有健康的身体并投入大量精力才能完成。由于身边竞争者环立，每只雄蝉都想向雌性听众们展示自己，大家都铆足了劲儿用最大的声音鸣叫着，好把其他蝉单调重复的鸣叫声压下去。在我们听来，这种叫声很快就会显得过于刺耳，但在雌蝉听来却很是动听。

如此声嘶力竭地招唤配偶不仅十分辛苦，而且还相当危险，因为雄蝉在为雌蝉指明自身所处位置的同时，也将自己的位置暴露给了捕食者和寄生虫。所以，鸣叫绝不是一种无忧无虑的享受，而是一份让蝉筋疲力尽又危险重重的苦差。如果能选择的话，雄蝉也不愿意鸣叫，而是肯定愿意一声不吭地轻松地待着。但鸣叫声是雌性挑选伴侣的唯一标准，它们只会选择声音最悦耳的雄性进行交配，如果你是雄蝉，你会做何选择呢？所以雄性别无他法，只能尽力鸣叫来取悦它的听众。

大家也可能会认为雄性牛蛙大声鸣叫仅仅是为了让雌性牛蛙在长长的河岸边更容易找到它的准确位置，找到能为它们即将产下的卵提供受精服务的雄性。但如果仅仅是这样，鸣叫就只是在精子提供者和对其有需求者之间发挥了一种简单的广告效应。大自然总是有本事将事情复杂化，绝不会如此简单。

湖中雌性牛蛙的数量与雄性几乎一致，这在动物世界中是一种普遍现象。但是，在同一个夜晚，能够受精并进行繁殖的雄性数量却比能够产卵、有受精需求的雌性要多。事实上,雄性牛蛙在整个夏天的每个夜晚都能进行交配,但湖中的每一只雌性牛蛙在整个夏季中只能交配一次,而且能够成功受精的时间只持续几个小时。所以,在这段关系中"供远远大于求"。因此,许多雄性虽然尽了最大的努力鸣叫,仍不可避免地一夜徒劳,甚至直到秋天到来时也没能成功使一只雌性的卵受精。从进化的角度来看,这些没能成功交配的雄性牛蛙在春天时就已经"死了",因为它们没有留下任何后代。不育和死亡是同义词。

而雌性牛蛙在寻找雄性牛蛙进行交配方面并没有多大困难。对它们来说,能够在最有利于它们的后代——蝌蚪生存的地方产卵才至关重要。水蛭①横行的区域对于蝌蚪来说十分危险,所以如果雄性牛蛙选择在这样一个地方召唤伴侣,那它成功的概率就不会太高了。如果雄性牛蛙所处之处的水温有利于蝌蚪快速发育,而且植被足够稀疏,没有水蛭、蜻蜓幼虫或小鱼栖息,那么它将得到雌性牛蛙更多的青睐。雌性牛蛙通过世世代代的积累演化形成了这种择偶偏好,今天向着这些无休止的召唤前进的雌性,必然都是那些知道如何从所有可用的地方中,选择能为后代提供最好生存条件的个体的后代。

因此,雄性牛蛙不可能对雌性的产卵地点偏好视而不

---

① 水蛭,俗名蚂蟥,生活在稻田、沟渠、浅水污秽坑塘等处,嗜吸人畜血液,行动非常敏捷,会波浪式游,也能作尺蠖(huò)式移行。春暖时行动活跃,6～10月为其产卵期,到冬季时往往蛰伏在近岸湿泥中,不食不动,生存能力强。

见。那些能够识别有利于产卵的地点并且能够提前占据这些地方的雄性,将会在交配市场中占尽优势,有希望在那里得到最多的繁殖机会。大家可以看到,在交配这件事上,雄性牛蛙绝没有任何乐善好施的精神,它们绝不会与其他任何同性分享自己占据的理想地点。雄性牛蛙会以自己为圆心,在周围的圆形空间内建立属于自己的领地,任何入侵者都将被它以武力驱逐,当然了,雌性牛蛙除外。鸣叫的雄性求偶者本来就已经比有交配需求的雌性多得多了,再加上雄性牛蛙对于最佳产卵地作为专属领地式的护卫,雄性群体的命运便呈现出明显的两极分化:有的能够繁衍大量后代,有的一个后代都没有。在这场喧闹的求偶大赛中,参赛雄性的父辈们可能正是在过去获得了占据这些最佳产卵地的专属权利,从而赢得了雌性牛蛙的偏爱。

因此,牛蛙夜间鸣叫还具有一个非常重要的意义,那就是宣示领地主权。雄性的叫声构成了一种攻击性的信号,能够将躲藏在角落中觊觎它的领地的其他雄性赶走。但仅仅口头咆哮是不够的,雄性牛蛙还必须能够证明自己的实力。于是许多入侵者都会选择挑战占据了领地的雄性,在被打败之后才会顺从地接受驱逐。两者之间首先会进行"声乐决斗",叫声的音量大小和频率快慢通常是决定双方胜负的关键。如果叫声不能让双方一决高下,就必须进行肉搏战了:两只雄性牛蛙面对面而立,露出深黄色的喉咙,像摔跤手一样扭打在一起,试图将对方推翻过去。更弱的一方在扭打中败下阵来,最终离开这片领地,一番争斗才就此宣告结束。失败的一方将不得不走远一些,屈居于一个不那么受雌性欢迎的地方。就这样,通过身体的武力和对他人领地的侵略,雄性牛蛙之间形成了两极分化,最强壮的雄性占据最好的产卵地,较弱的只能屈居于环境较差的产卵地。

雌性牛蛙通过倾听雄性牛蛙的叫声,就能分辨出产卵地点的质量。雄性嘹亮有力的叫声不仅能够保证它占据的产卵地环境优异,也是自己作为一个父亲人选的有力证明。雄性身强体壮还是自身基因优良的一个信号,证明它有能力觅食、躲避捕食者和抵御疾病。因此,它的后代也将能遗传父亲成功占据优质领地所需的特征。总之,雌性牛蛙在择偶时选择身形更大的雄性总不会出错儿。数千年以来,当牛蛙们的合唱打破黄昏时分的宁静时,数十亿只雌性牛蛙循着叫声接近数十亿只雄性,那些选择与身形最大的雄性交配的雌性留下了最多的后代,因为身形最强壮的雄性占据着最优质的产卵地。当最强壮的牛蛙爸爸和能够在一群雄性之间慧眼识珠的牛蛙妈妈留下的后代越来越多时,牛蛙种群的组成就已经在二者交配的那一晚悄然发生了变化,就像山峰被侵蚀为平地的过程也是潜移默化的。

综上所述,雄性牛蛙就像市场摊位上的小贩一样,拼命为自己吆喝:"最强壮的在这里!最好的基因在这里!谁想要最威猛的伴侣?"然而,就像所有的广告一样,雄性经常会在自己的叫喊中撒谎——在自身真实情况的基础上夸大一点儿。在这种情况下,自然选择也赋予了雌性牛蛙一项免受虚假承诺和信任滥用的技能。如今的雌性经过几代的演化,已经发展出一种更喜欢低沉音调的偏好,使得雄性在叫声中弄虚作假变得非常困难。而且牛蛙的音调与自身的胸肺大小成正比,所以身形矮小的雄性不可能伪装出低沉的叫声。此外,雌性牛蛙还会留意蛙鸣的强度和重复的频率,因为一个不那么强壮的个体不可能毫无倦怠地连续鸣叫很长时间。因此,挑剔的雌性只需要循着最低沉、最响亮、频率最高的叫声寻找,就能在适宜的产卵地找到优秀的雄性。这正是雌性牛蛙为了避开说谎者所采取的策略。

当经历千挑万选,终于到达了最青睐的叫声源头时,雌性牛蛙会允许雄性骑在它的背上,把它抱在强有力的臂弯下,在整个受精过程中雄性会一直抱着雌性。精液是雄性对后代的唯一贡献。在使卵子和精子结合的短暂相遇中,雌性对雄性的了解便只有嘹亮的叫声和有力的拥抱。

无为策略

牛蛙的爱情故事就此告一段落:身形强壮的雄性牛蛙费尽力气召唤雌性牛蛙,雌性通过叫声仔细挑选雄性,最终生育许多后代。可要是故事就这样结束,显然是忘了拉封丹寓言中的启示,启示中讲得十分明白:有人工作就会有人不劳而获。在牛蛙的世界中也有像"知了"一样乞讨残羹的角色。

那些身形矮小的雄性倒霉蛋们既没有能发出低沉叫声的胸廓,也没有能发出响亮叫声的力气,仅凭它们自己的能力完全吸引不来雌性,于是它们中间便发展出大量的投机取巧之徒。如果你认为这些不幸天生弱小的雄性牛蛙会永远安于自己的命运,那就是还没有真正理解自然选择的机制。数十亿矮小瘦弱的雄性牛蛙在几千年的时间里顽强地生存了下来,那么我们是否可以推测,它们之间一定有些个体使用了另一种竞争方法成功繁育了后代,避免了灭绝呢?即使成功的机会微乎其微,只要有策略,也总比坐以待毙,在进化之路上走入绝境要好。在确定的失败和不太可能的成功之间,只有选择了后者的个体才有机会在自然选择中杀出重围。

因此,在世世代代的繁衍过程中发生了迟早会发生的事情:一些雄性牛蛙在没有鸣叫,甚至没有试图保卫领地的情况下仍然成功进行了繁殖。它们的方法是潜伏在体形较大的雄性领地的边缘,伺机而动。它们会小心把握自己所处的距离,既不能太近,以免引起领地内雄性的攻击;也不能太远,但足以截获被领地中的雄性叫声吸引过来的雌性。由于这些企图窃取他人成果的雄性牛蛙会徘徊在强壮同性的影响力的轨道之上,因此也被称为"卫星"。显然,它们不会像领地内声音洪亮的雄性那样吸引那么多的雌性进行交配,但这样总比徒劳无功地跑到环境恶劣的产卵地里要好得多。它们只需要把握机会,将一只被领地内声音洪亮的雄性吸引而来的雌性半路截下,骗其与自己进行交配就足够了。今天,在这个蛙声鼎沸的湖里仍然生活着这些无声"卫星"的后代,它们一代接一代地在这个湖里留下投机取巧者的基因。在此情况下,强壮的雄性牛蛙就像寓言中勤劳的蚂蚁一样,辛劳地做着吸引雌性的苦差使,但自己的部分劳动成果(也就是那些被自己的叫声吸引而来的雌性),却被故事中懒惰的"知了"(也就是不发出叫声的雄性牛蛙)抢夺走了。

卫星策略并不是牛蛙独有的求偶方法。事实上,我们在整个无尾目动物(也就是各种青蛙和蟾蜍)中发现了多例此类现象。这种现象也存在于蟋蟀、蚱蜢和蝗虫中。这些昆虫都是夏夜情歌合唱团中的一分子,它们和无尾目动物一样,雄性都需要通过叫声吸引雌性前来交配。只是这些昆虫并不会鸣叫,而是通过鞘翅或爪子的摩擦产生刺耳的尖鸣声;不同种类的昆虫发出的声音都有自己独特的频率和节奏。另外,就像无尾目动物一样,当一只雌性昆虫被一只雄性昆虫发出的声音所吸引,闻声而来时,经常会被默不作声地潜伏在第一只雄性地盘边缘的另一只雄性半路拦截。能够保证个体世代延续的任何策略都会在自然选择中被保留下来。

暗中窥探,伺机而动

到目前为止,我们受拉封丹寓言的启发,列举的剥削他人劳动成果的例子还都仅限于用叫声召唤伴侣的阶段。然而,寓言还告诉我们,剥削这一行为远远超出了关于声音的范畴。还是在同一个湖里,每年的 5 月底,另一种不劳而获、剥削他人劳动成果的行为也在悄然发生,这一次的行动完全是无声无息地进行的。生活在河岸边的蓝鳃太阳鱼①(*Lepomis macrochirus*)也到了发情的季节。蓝鳃太阳鱼的雄鱼在靠近水面的地方游动,人们站在岸边就能观察到它们的身影。雄鱼们在水中激烈地互相追逐、驱赶,曲折的游动路线在水面掀起波澜。在短暂的平静间隙,每条雄鱼都忙于清除自己领地上的鹅卵石。它们用嘴把石头一个接一个地捡起来,然后再吐到远处,就这样挖出一个直径约 60 厘米的圆环作为自己的巢穴。因此这个季节的河滩上遍布着一个挨着一个的太阳鱼鱼巢,相邻的雄鱼不停地追逐争斗,呈现一派生机盎然之景。发情期的雄鱼十分好斗,除了雌鱼,它们见到什么都会攻击,游泳者若是游得太靠近它们的巢穴,没准就会被太阳鱼在腿部咬上一口。但也正因如此,倒霉的雄鱼要是碰上渔夫的鱼钩,也就死死咬住鱼钩了。当然,在大多数情况下,它们攻击的主要对象还是自己的邻居——那些和它们自己一样,建造了一个平整的巢穴、希望在里面养育一窝幼崽的同性。

一旦有雌鱼靠近,雄鱼就会停止攻击行为,转而向其求爱。雌鱼和雌性牛蛙一样不慌不忙,它们会精挑细选,寻找

---

① 蓝鳃太阳鱼(*Lepomis macrochirus*)是一种产于北美东部的淡水鱼,有时也被称为蓝耳太阳鱼、蓝鳃鱼、蓝绿鳞鳃太阳鱼,属于太阳鱼科。

能给幼鱼提供最好的基因和生存机会的雄鱼。雌鱼仔细观看雄鱼的求爱表演,评估雄鱼的活力、颜色、巢穴的质量和位置,再去附近的鱼巢探索一番,看看其他雄鱼的求爱表演,来来回回,最后再作出选择。雌鱼不会贸然作出任何决定,千百代的雌鱼一脉相承,早已掌握了如何才能找到给它们带来最好后代的雄鱼的方法。

终于,这最关键的时刻到来了,那就是交配。雌鱼和雄鱼紧靠在一起,一阵颤抖之后,雌鱼排出了鱼卵,而雄鱼则在卵中释放精子。受精卵一旦落到鱼巢的底部,雄鱼就会立刻将雌鱼赶走。雄鱼所有的后代便在鱼巢底部开始了发育。但是,与牛蛙不同的是,蓝鳃太阳鱼的雄鱼不仅仅提供精子,在鱼类中通常都是由雄性承担照顾后代的任务。虽然要保护幼鱼,但这并不妨碍雄鱼向所有经过的其他雌鱼继续求爱,随时准备着向自己护卫的鱼巢中加入新的受精卵。

对于蓝鳃太阳鱼来说,养育后代需要付出十分高昂的代价。然而,并不是每条雄鱼都有足够的力量、体型和精力能在一群咄咄逼人的邻居间挖出一个巢穴。除此之外,雄鱼还必须拥有能够保护幼鱼的能力。所以,想要成功养育后代的雄鱼必须付出极大的精力。又回到寓言中所说的那样,有人辛勤劳动就会有人不劳而获。在太阳鱼的雄鱼中同样存在一种利用他人劳动成果的策略也就不足为奇了——这是一种体型较小的雄鱼,外表看起来与雌性十分类似[1]。我们暂且叫它们"潜行者"吧!

多伦多大学的加拿大行为学家马特·格罗斯(Mart Gross)最先描述了这种偷梁换柱策略。为了成功繁殖,潜行者所要做的就是躲在其他雄鱼地盘边缘的植被中。它们模棱两可的外表并不会引起雄鱼的攻击,因为雄鱼不想冒险把潜在的交配对象赶走。于是这些雄性潜行者们就利用了领地内雄鱼睁一只眼闭一只眼的态度,一直龟缩在后方,等待适当的时机参与交配。当一条雄鱼接近一条排卵雌鱼时,就是潜行者开始行动的时候。就在太阳鱼夫妇将鱼卵和精子排入水中的电光火石之际,潜行者会非常精确地插入雄鱼和雌鱼之间,排出自己的精子后迅速逃跑。通过这种方式,它能成功地使几个卵子受精,这些受精卵就这样落在了另一只雄鱼的鱼巢底部。而被"戴了绿帽子"的领地主人根本无法将属于自己的受精卵和潜行者的区分开来。别无选择之下,它只能选择养育和保护所有的受精卵。于是,虽然外形类似雌鱼的小个子雄鱼不像拥有领地的强壮雄鱼那样拥有那么多的交配权,但相应地,它养育后代所付出的成本也大大减小:它并不需要费力筑巢,也不用为了领地与其他雄鱼大打出手,同时还省去了照顾小鱼的烦恼。如果没有占领一方领地的雄鱼存在,潜行者是无法成功繁衍后代的。潜行者就这样通过利用另一只雄鱼投入的精力,找到了自己在这个湖中生存下来并繁衍生息的求生之道。

窃取他人劳动果实的例子在自然界中数不胜数。马特·格罗斯还描述了银大麻哈鱼(*Oncorhynchus kisutch*)的一种类似策略[2]。和所有种类的鲑鱼一样,银大麻哈鱼出生在淡水河流中,在那里生长一段时间,随后迁移到海洋中再生长几年。等繁殖期一到,成年鱼必须再次回到它们出生的河流中进行产卵交配,这是一场壮观的大迁徙,人们可以看到无数的银大麻哈鱼组成一条浩浩荡荡的洄游之路,它们不时跃出水面,场面拥挤异常。在洄游的过程中,雄鱼的嘴巴会长出弯钩,方便其到达产卵地后进行一种奇异的战斗。雄鱼的身体也会变成鲜艳的红色。与此同时,雌鱼正在争夺最好的产卵地点,以便在那里筑巢和产卵。长着弯钩嘴的雄鱼会为了进入这些巢穴而进行激烈的争斗,试图阻止其他雄鱼的受精企图。迁徙、海中生长、洄游、战斗,所有这些辛苦的过程都给了剥削者可乘之机。

银大麻哈鱼中的潜行者永远也长不到长着弯钩嘴的雄鱼那样巨大的体型,但它们生长成熟得更快——它们不会迁移到海洋中,因此不必承担这趟旅程带来的风险,它们只需要安全地待在河流原地,等待其他鲑鱼的洄游即可。就像蓝鳃太阳鱼中的潜行者一样,这些体型较小的雄性鲑鱼根本没有与弯钩嘴雄鱼搏斗的能力,永远也无法吸引任何雌鱼与自己交配受精,于是它们干脆就在强壮雄鱼的领地外围等待合适的时机,迅速冲入正在交配的两条鱼中间,排出自己的精子,然后逃之夭夭。我们已经提了好几次,有人辛勤劳动就有人不劳而获,这句话对于鲑鱼来说也十分适用。

寓言启示

在自然界中,窃取他人劳动成果的现象比比皆是,我们甚至可以以此为题单写一本书。想要窃取他人的劳动果实,方法千千万万,我们在这里列举的几个例子只是其中的一部分而已。

我已经向大家介绍了通过计谋剥削他人劳动果实的例子,但还有一种更加粗暴的剥削手段,比如好几种海鸥都会通过武力和威胁的方式剥削和利用其他个体的劳动果实。英格兰南部的冬季牧场上是一片安静平和的景象,一群凤头麦鸡(*Vanellus vanellus*)正在捕食蠕虫,但它们的行动正被另一种动物在远处严密地监视着。海鸥(*Larus canus*)锁定自己的蚯蚓供应商,仔细观察它们的一举一动。凤头麦鸡仔细地探听着潮湿的泥土中发出的最轻微的沙沙声,搜寻蚯蚓的踪迹,每当发现猎物,它会蹲下一段时间,判断出蚯蚓的确切位置,然后把嘴插进土里。一旦看到这个动作,监视着它的海鸥就知道供应商马上要给自己供货了。于是当凤头麦鸡开始把蚯蚓从土里拉出来时,身材魁梧的海鸥就飞到它的身边,威胁凤头麦鸡将抓到的蚯蚓给自己。有时凤头麦鸡不愿意让出猎物,那么两只鸟就会各自叼住蚯蚓的一头不放,飞到空中进行一番争斗,而惊心动魄的空中争夺大战大多数时候都以凤头麦鸡的落败而告终。所以,在大多数情况下,凤头麦鸡都会把蚯蚓留在地上,对海鸥拱手相让,并趁着海鸥进食的期间赶快寻找新的猎物。

这种强占制度行之有效的原因是凤头麦鸡别无选择,想要吃东西就只能捕捉蚯蚓。它不能简单地选择不捕食,因为这样它自己也要挨饿,而如果去别的地方捕食,监视着它的海鸥必然也会尾随而至。但是海鸥也不能把凤头麦鸡捉到的所有蚯蚓都抢走,否则凤头麦鸡就会饿死,必须保证两个物种在同一片牧场上共存。所以凤头麦鸡和海鸥之所以能够保持这样一种关系,一方面由于凤头麦鸡别无选择,另一方面也由于海鸥无法把所有蚯蚓都抢走。两者之间建立起了一种残酷的强迫共存的契约,在这个契约中,凤头麦鸡的一部分食物转移到了海鸥嘴里,只是大家有目共睹,海鸥在拿走这部分食物的时候可没有知了那么彬彬有礼。

使用欺凌恐吓的手段对其他个体进行剥削的现象十分普遍,科学家们给这种行为起了个别名叫做"偷窃寄生"。海鸥扮演了剥削者的角色,但这并不是这种动物独有的行为,许多其他鸟类,小到家麻雀(*Passer domesticus*),大到猛禽,如白头海雕(*Haliaeetus leucocephalus*)[1],无一例外都会做出此类行为。

---

[1] 白头海雕,为大型猛禽,成年海雕体长可达1米,翼展2米多长,是北美洲的特有物种,为美国国鸟。

在自然界和人类社会中普遍存在着各种形式的剥削,自伊索以来的寓言作家们在许多故事中都借鉴了这种剥削行为。寓言故事中的蚂蚁成功拒绝了要求施舍的知了,但在自然界中,剥削可不是这么简单就能躲掉的……

第 6 章 捕食者和猎物

－小鱼和渔夫－

小鱼将来能长成,
只要上帝让活命,
认为鱼是自己的,现在放生太愚蠢,
将来谁能捉到还难定。
一条鲤鱼还是个小可怜,
不承想被渔夫捉上岸。
渔夫说:"好歹凑个数,
看着收获做成了美餐,
先放进篓里再作打算。"
可怜的小鲤鱼央求渔夫:
"捉我回去能做什么?
做熟了吃还不够半口。

您还不如先放了我,
待长成大鱼再捉回去,
会有金融家买我花高价。
何必留我这么小的鱼,
留下小鱼也不顶啥,
做菜也许还得上百条,
做出的菜味也不好。
相信我,这种小鱼不值一提!"
"不值一提?"渔夫截口道,
"算了,鱼啊,不用你说教,
漂亮朋友,你白耍嘴皮子,
今晚你就下油锅游一遭。"
有道是:
宁要今天一币,
不等明日一双;
一个在手稳握,
一双恐难指望。

第 6 章　捕食者和猎物

在这个起源于《伊索寓言》的故事中,一条小鱼试图从经济获益角度劝说渔夫放了自己,从而挽救自己的生命。渔夫可能由于肚子饿,认为"宁要今天一币,不等明日一双",因而满足于他的小渔获。我选择这个寓言是因为它的背后蕴含着两个相互关联的道理。首先这个发生在小鱼和渔夫之间的故事里蕴含着一段非常现实的经济学推理。我们在日常生活中会遇到各种形式的渔夫困境。例如,我就认识这样一个人,她总会把购买的大部分商品退回去,因为总能挑出不满意的地方,如果继续挑选,肯定会挑到更好的。而我还认识和她截然相反的一类人,他们很容易满足于平庸的产品,并认为如果继续挑选下去,买到的东西可能还不如这个。

我们所有人都经常会面临一种两难境地:在我们已经拥有的和将来可能拥有的之间作出选择。当然,动物在选择食物、交配伴侣、筑巢地点时也会面对这样的难题。为了解决渔夫困境,人们对动物的行为进行了大量的思考。

动物行为学界曾发生过另一场革命。直到20世纪70年代中期以前,这门学科仍然属于动物学范畴,也就是作为动物研究的一部分持续发展着。动物学这一广泛领域早期针对动物的呼吸系统、循环系统、骨骼、排泄系统、肌肉和生理机能等方面进行研究,随后在两次世界大战之间,加入了对动物行为的研究,也就是动物行为学。动物行为学主要是一门描述性科学,研究人员需要花费几个月的时间去观察,而后编纂动物行为图,这些行为图是一个物种做出的所有行为的完整描述目录。当时的人们认为动物只是没有思想的机器,它们的行为刻板固定,会因刺激物的出现而被触发。因而当时人们研究动物的动机系统——是什么促使个体搜寻食物到进行求偶,再梳洗和清洁。对于这些行为转变,科学家们提出了一个假设:神经系统就像一个"本能大议会"一样运转。

传统动物行为学在 1973 年迎来了辉煌的巅峰,这一年里,传统动物行为学的 3 位创始人获得了诺贝尔生理学或医学奖,他们是:荷兰科学家尼古拉斯·廷贝亨①以及两位奥地利科学家康拉德·洛伦茨②、卡尔·冯·弗里施③。不过与此同时,生态学这一学科出现了,并且影响力不断增加。从生态学的角度看来,渔夫和他的小鱼之间首先是捕食者和猎物的关系。当猎物的丰富程度发生波动时,捕食者的偏好会发生何种变化?这一问题在动物行为学这门对动物行为进行研究的学科里掀起了轩然大波。

---

① 尼古拉斯·廷贝亨(Nikolaas Tinbergen,1907—1988),动物行为学家与鸟类学家。

② 康拉德·洛伦茨(Konrad Lorenz,1903—1989),是经典比较行为研究的代表人物。1949 年以前,他一直称该研究领域为"动物心理学",即后来的本能理论。在德语地区,他被视为该理论的创始人。德国《明镜》周刊评论他是"动物精神的爱因斯坦"。

③ 卡尔·冯·弗里施(Karl von Frisch,1886—1982),动物学家,行为生态学创始人,出生于奥地利维也纳,逝于德国慕尼黑。

理性的捕食者

生态学研究的是影响物种丰富度和分布的因素。然而，一个物种的丰富度通常取决于捕食者的数量。捕食者如果过度捕杀，减少了猎物的数量，最终就要承受过度捕杀的后果。比如，根据一份捕猎者出售的毛皮数量记录，我们可以观察到在一个约十年时间的周期内，加拿大猞猁（*Lynx canadensis*）和它们的猎物白靴兔①（*Lepus americanus*）之间的数量呈动态变化，二者相互影响[1]。随着白靴兔种群密度的下降，猞猁的生存情况也会随之变差，后者的种群数量也减少了。但是，过度捕杀并没有导致猎物或捕食者的灭绝。其原因应该是当野兔数量变少时，猞猁转而捕食其他的小型啮齿动物，从而使野兔种群的数量得以反弹。

加拿大裔美国生态学家、普林斯顿大学的教授罗伯特·麦克阿瑟（Robert MacArthur，1930—1972）对捕食者与猎物之间的关系很感兴趣。他研究过一片栖息地中决定物种分布的因素，并与爱德华·威尔逊（Edward Wilson）共同创作了《岛屿生物地理学理论》[2]一书。爱德华·威尔逊在20世纪70年代出版的著作《社会生物学》[3]在人类学和社会学界

---

① 白靴兔，别名雪鞋兔，脚底有密集的毛发，后脚上有硬毛，从而形成"白靴"；主要在夜间活动，且不冬眠；遍布加拿大地区和美国最北端。

引起了巨大争议,他在书中大胆地预测,随着社会生物学这种研究社会行为的生物学新方法出现,人类学和社会科学最终将会消失。

麦克阿瑟的生态学理论旨在探究捕食行为的某些方面,尤其是当最受青睐的猎物数量变得越来越少时,捕食者是如何做到不再去猎杀这种猎物的。然而,当时的动物行为学无法给出答案,因为这一学科当时主要关注的是猎物的哪些视觉、嗅觉或听觉特征可能会触发捕食者的捕食行为。麦克阿瑟必须另寻办法。于是他借用经济学的方法,将捕食者看作一个理性的消费者。麦克阿瑟和他的博士后助手艾瑞克·皮安卡(Eric Pianka)共同提出了这一颠覆性的理论[4]。两人假设动物和人类消费者一样,都在寻求如何让自己的收益最大化。从自身利益最大化的考量出发,他们就可以推断出动物接下来应该会采取的行为。

两人的理论借用了经济学中"假说-演绎"的方法,这种方法与传统动物行为学中采用的方法截然不同。于是当时的动物行为学家们对这种根本性的变革十分排斥,原因有二。首先,动物行为学与动物学中的许多其他分支一样,并不是先提出原理再进行推测,而是先通过长时间的观察积累大量的数据,这一过程通常都是单一乏味的,随后再从中推导出相应的理论。传统上动物行为学是一门运用比较和归纳的科学,所有理论都基于细致和尽量客观的观察。但是,经济学中采用的"假说-演绎"方法与这种传统的方法恰恰相反:不从经验论的观察出发,而是先提出一种假说。其次,还有一个更令人无法接受的原因:这两人的方法不但省去了大量的观察,还假定动物能够进行理性的推理并作出理性的选择。这对于当时的人们来说,简直太荒谬了。

这是一个颠倒的世界

渔夫以理性的方式行事还可以理解……但像大黄蜂、鱼或蜥蜴这样头脑简单、四肢发达的动物,怎么可能在觅食的时候作出什么理性的选择呢?就像这些新兴行为生态学家们口中所说的那样。动物行为学家们不是一次又一次地证明了动物对刺激物,甚至近似的刺激都会产生盲目的反应吗?诺贝尔奖获得者尼古拉斯·廷贝亨已经发表研究结果,证明只要用随意切割的、略带红色的诱饵接近三刺鱼[①](*Gasterosteus aculeatus*),就能轻而易举地触发这些小鱼的攻击姿势。要说这些本质和机器无异的动物们能依据复杂的经济推理行动,可能性微乎其微。于是,批评声铺天盖地而来。

而实际上,如果想要预测捕食行为,麦克阿瑟并不需要知道这种行为是如何运作的,就像他并不需要用胚胎学理论来预测鸟喙的形状如何适应了鸟类的食物生态位一样。自

---

① 三刺鱼,是一种瘦小的硬骨鱼类,在背鳍前常有三根游离的鳍刺,同时腹鳍也有一根鳍利,体长一般在 5 厘米左右,最大也不会超过 15 厘米。

然选择已经在个体之间进行了筛选,保留了那些能够留下最多后代的个体。因此,我们今天观察到的动物全都是那些在获得食物、避开捕食者、抗击疾病和生产幼崽方面最成功的个体们的后代。换句话说,只有那些选择出对自身生存最有贡献的行为的个体才有机会留下后代,让今天的我们看到。自然选择留下那些能够作出最有利选择的个体,就像只有那些鸟喙的形状最适合进食的鸟类个体才能生存下来一样。

显然,动物行为学界也发生了翻天覆地的变化:在自然选择的优胜劣汰之下,繁琐的观察研究终于被"假说-演绎"的方法所取代。

留下小鱼,还是把它放回水里:一堂经济学课!

麦克阿瑟和皮安卡在推理中假设一只饥饿的动物每次只会遇到一只猎物,每当遇到猎物时,饥饿的动物都必须作出选择——是停止寻找其他猎物并吃掉眼前这只,还是继续寻找,考虑哪种选择更有利可图,最终选择一个能给它带来最大回报的选项。对于选项价值的估计,麦克阿瑟和皮安卡假设饥饿的动物寻求的目标在于最大限度地补充能量。于是,动物将选择能给它带来最多能量的选项。与此同时,寻找食物和进食需要花费时间,但时间是有限的,而动物还有许多其他活动要进行,比如梳理毛发、巡视领地、休息、整理巢穴、照顾幼崽和求偶。于是动物必须充分利用时间。最终，每个选项的价值表现为单位时间内的能量收益。

这样一来，动物就可以根据能量大小与进食所需时间的比值来评估每种猎物所能带来的收益大小。因此能量储备并不一定是决定性的标准。例如，有些猎物的能量储备可能非常丰富，但它们身上有刺或壳作为保护，所以要捕获它们需要消耗大量的精力。如果捕食者是理性的，当遇到自己最喜欢、收益率最高的猎物时，它就应该绝对不放过猎物：猞猁绝不应该放过任何一只白靴兔。但如果遇到的是一只收益率较低的猎物，比如一只小型的啮齿动物时，猞猁又会做何选择呢？

寓言中的渔夫钓到了一条很小的鱼，这当然不是他的最佳猎物，否则他也不会犹豫了。如果他将这条小鱼放走，重新再钓一条鱼，他的收益会有所提升吗？要回答这个问题，我们必须知道除去进食的时间，捕食者还必须花费多少时间去寻找猎物。如果捕猎者每次只能遇到一只猎物，那么他/它捕捉到一只猎物的时间就取决于猎物数量的多少：猎物数量越多，找到一只猎物所需的时间就越少。麦克阿瑟和皮安卡提出的经济学计算表明，渔夫最终是否决定留下小鱼取决于渔夫在收益数量上高于他手中的鱼的数量。可捕捞的鱼越多，他就能越快钓到一条鱼，对他而言放走小鱼就越有利。这个假说听起来很有道理，但动物行为学家们要求实验为证，眼见为实。

普通滨蟹和紫贻贝

实验演示并不是一件简单的事情,而要演示捕食者攻击活的猎物就更困难了。想象一下,要是把猞猁和白靴兔关在一个笼子里,那场面该有多么混乱!我们很少对这些在科学期刊上只做了简要描述的实验操作多加关注。但其实,实验的设计或许才是最需要发挥聪明才智、创造力和直觉的科学活动之一。想要操纵这样一场实验,只有掌握丰富的自然博物知识,才能在用活生生的动物做实验的同时,还能保持对情况的控制。为了测试这种选择猎物的经济学理论,研究人员需要创建一个动物系统,保证在这个系统中的捕食者能与猎物一个接一个地相遇,这样才能迫使捕食者在每次遇到猎物时,都需要在攻击或放走猎物之中作出选择。同时,还要确保猎物不会在捕食者接近时就逃走。剩下的问题就是怎么找到符合条件的系统了……

要符合这个实验的要求,普通滨蟹[①](*Carcinus maenas*)是一个很好的候选者。这种动物的认知系统并不优秀,所以,要是滨蟹适用于这套理论,那么其他许多物种一定也都适用。这种甲壳类动物在寻找猎物 —— 紫贻贝(*Mytilus*

---

① 普通滨蟹,梭子蟹科滨蟹属动物。普通滨蟹的壳长达 6 厘米,宽 9 厘米,每只眼睛后沿边有 5 只短锯齿,眼睛之间有 3 个起伏位置。吃多种软体动物、蠕虫及细小的甲壳类。

edulis)时正是一个接一个去找的：普通滨蟹首先用触角探测猎物的气味，随后向着气味的源头移动，然后用蟹足探查。如果摸到的是一个紫贻贝，普通滨蟹就会把它捡起来，用螯足把它翻过来一两秒钟以确认它的价值。倘若普通滨蟹不喜欢这个紫贻贝，它就会放下这个，继续寻找下一个。因此，普通滨蟹和它的猎物紫贻贝被选中，成为首批进行的两个实验操作[5]的其中之一，这两个实验后来成功验证了动物在选择猎物行为中的经济学模型。

这项实验由威尔士地区班戈大学的两位英国研究人员罗伯特·埃尔纳（Robert Elner）和罗杰·休斯（Roger Hughes）设计开发。如果麦克阿瑟和皮安卡的理论模型是正确的，那么我们可以预测，如果一只螃蟹被安置在紫贻贝稀少的环境中，它应该会像寓言中的渔夫一样，不加分辨地接受能找到的所有紫贻贝。相反，如果把它放在紫贻贝非常丰富的栖息地中，它就会只吃掉最肥美的紫贻贝，将不那么肥美的都扔掉。

为了创造实验所需的环境，埃尔纳和休斯首先需要明确不同大小紫贻贝的收益率。他们估计越大的紫贻贝里面包含的肉就越多，但也越难打开。于是两人将螃蟹放在一个盛满海水的水箱中，水箱的底部散落着紫贻贝。观察表明，个头较大的紫贻贝果然需要更多的时间才能被打开，所以作为猎物而言，大个儿的紫贻贝能带来的收益率更低。然而，小个儿的紫贻贝也好不到哪儿去，它们的肉很少，但也需要花费一段时间来打破外壳。事实证明,中等尺寸的紫贻贝收益率最高。收益率测量完成后,研究人员将所有紫贻贝按收益率分为三类,并创造了三种猎物丰富度的环境:贫瘠、中等和丰富①,在所有环境中,三种类型的紫贻贝所占的比例总是相同的②。螃蟹在三种栖息环境中各停留三天。每天都会有一名研究人员清点并取出被吃掉的紫贻贝,再补充进大小相同的新鲜紫贻贝,以保持每类紫贻贝的密度和比例不变。就这样,实验系统完成了重要变量的控制,一切就绪。接下来就看螃蟹是否会作出经济学行为了。

普通滨蟹的行为让所有人大吃一惊。这些奇特的小动物的行为与经济模型的预测完全相符。在猎物数量中等和丰富的两个环境中,螃蟹们几乎不吃收益率最低的那一类紫贻贝;而在贫瘠环境中,螃蟹会不加区别地吞食所有三种紫贻贝。因此,甲壳类动物完全能够根据食物的充裕程度的变化调整其选择。我们完全不知道它们是怎样做到的,但它们确实做到了这一点。这些结果十分振奋人心,而这胜利的喜悦却也因为一次结果相悖的实验略被冲淡——在这次实验中,螃蟹并没有遵循麦克阿瑟和皮安卡的模型期望,而是在吃紫贻贝的同时继续寻找其他贻贝。所以,想要证明这种新

---

① 贫瘠环境中有 14 个紫贻贝,中等环境中有 70 个紫贻贝,丰富环境中有 140 个紫贻贝。

② 收益率最高的紫贻贝占总数的 14%,收益率中等的紫贻贝占 28%,收益率最差的紫贻贝占 57%。

的行为理论真正行之有效,我们还需要等待另一个实验的出现。

行李传送带带来的灵感

20世纪70年代初,牛津大学的生态学家约翰·克雷布斯(John Krebs)和麦克阿瑟一样,都致力于动物行为对种群数量的调控作用研究。克雷布斯的博士论文探究了领地防卫如何控制大山雀①(*Parus major*)种群数量的问题。由于领域防卫迫使大山雀雄性之间分隔开来,繁殖期间个体的密度也会随之降低。然而,与麦克阿瑟不同的是,克雷布斯完全沉浸在一个动物行为学的世界里。他的论文导师是麦克·库伦(Mike Cullen,1927—2001),库伦是尼古拉斯·廷贝亨培养的第一批学生之一。此外,青年时期的克雷布斯同他的父亲一样热衷于钻研动物行为学,他的父亲汉斯·克雷布斯(Hans Krebs,1900—1981)是一位德国出生的贵族,因发现了三羧酸的生物化学循环②并将其名为克雷布斯循环而闻名。约翰·克雷布斯曾参加过康拉德·洛伦茨实验室的暑期实习。他先在威尔士的班戈大学短暂任教授,这里正是罗

---

① 大山雀,中小型鸟类,体长13~15厘米。整个头部为黑色,头两侧各具一大型白斑。其成年体均为白腹灰脊。性格活泼大胆,不甚畏人。

② 三羧酸的生物化学循环,是三大营养素(糖类、脂类、氨基酸)的最终代谢通路,又是糖类、脂类、氨基酸代谢联系的枢纽。

杰·休斯和罗伯特·埃尔纳一起做螃蟹实验的地方,随后他在牛津大学的动物学系谋到了一个职位。此时正值动物行为学发展的黄金时期,克雷布斯与尼古拉斯·廷贝亨并肩工作,并展开了与理查德·道金斯①的合作研究,后者此时刚刚出版了他的著作《自私的基因》[6]。

克雷布斯在牛津大学继续对大山雀进行研究,这一次他将大山雀圈养在动物学系屋顶上的大型鸟舍里。他很想尝试在大山雀身上做关于麦克阿瑟和皮安卡的新经济学模型的实验,但他养的大山雀太过活跃;最重要的是,大山雀通过视觉捕猎,这给他的实验带来了很大的困难。大山雀通过眼睛进行搜索,能从很远的地方就探测到猎物,这使得观察者很难明确辨别它们究竟是何时发现了猎物。那么,实验员要怎样才能确定大山雀到底是选择放弃了这个猎物,还是根本就没看到呢?而且,身处鸟笼中的大山雀往往惊恐不安,不停地在栖木之间跳来跳去,这样的状态又怎么能完成实验呢?所以,想要在实验中控制大山雀以固定的概率遇到猎物,似乎比实验对象为螃蟹时困难得多,甚至根本无法实现。

终于有一天,约翰·克雷布斯在一座机场受到了启发,构思出了那个让他在动物行为学界名声大噪的实验。一次

---

① 理查德·道金斯(Richard Dawkins),英国著名演化生物学家、动物行为学家和科普作家,英国皇家科学院院士,曾任牛津大学教授,现任英国人文主义协会副主席,并担任英国皇家学会会士、英国皇家文学会会士以及英国世俗公会荣誉会员,是当今仍在世的著名的直言不讳的无神论者和演化论拥护者之一。

搭乘飞机之后,克雷布斯和航班上的其他乘客一同在传送带前等待行李,传送带上摆着各式各样的手提箱,克雷布斯一眼就能辨认出有些行李不是他的,而另一些行李看起来很类似,但他并不能确定是不是自己的。于是他便走近观察,然后发现这不是他的行李。反复认错几次之后,手提箱一个接一个地从他面前经过,终于他发现了自己的行李,他走过去并抓住了它们……对了,就这么办①。

如果能在鸟舍里复制一个与行李传送带相似的装置,他就能迫使大山雀按照模型中规定的条件以一个接一个的顺序探查猎物了。克雷布斯一回到实验室,就马上找人做了一个小型传送带。他将传送带遮盖起来,只在其上方留一个小口,并在小口的上方设置一小截栖木,这样一来,鸟儿就不能看到传送带上所有的猎物,只能通过小口一个接一个地观察猎物。现在,只需要训练一只大山雀栖息在小口上方的栖木上,然后选择它想吃的食物即可。克雷布斯很了解他饲养的大山雀,他知道当鸟儿想要进食时,不会再停留在小口上方的栖木上,而是会把猎物带到更高的栖木上,一只爪子按住猎物,再用锋利的喙把猎物的内脏一块一块地取出来吃掉。这样一来,就不会出现像普通滨蟹一样,一边吃一边寻找下一个猎物的问题了,因为大山雀飞离传送带之后,就无法再继续寻找下一个猎物。此外,克雷布斯还可以将不同收益率

---

① 此处为约翰·克雷布斯的亲身经历。

的猎物以预先确定的顺序排好,放在传送带起点处大山雀看不见的位置,以此操控大山雀与不同猎物相遇的频率。这个实验操作的设计十分简明、巧妙。那么,大山雀会比普通滨蟹做得更好吗?

在实验过程中,克雷布斯和他的同事们使用了两种类型的猎物[7]:收益率较低的是四节的黄粉虫①(*Tenebrio molitor*)幼虫,收益率较高的是其两倍长度的幼虫。山雀进食这两种不同食物的时间(即从飞到更高栖木上开始,到将黄粉虫放在爪子下,最终将它吞食结束),大体上相同。所以,选择体型较长的猎物能在同样的时间内为大山雀带来两倍的收益。当研究人员在传送带上放置很少量的猎物来模拟食物贫瘠的环境时,大山雀两种猎物都吃,不做选择。根据麦克阿瑟和皮安卡的理论,克雷布斯能够准确地调整传送带上的猎物密度,使大山雀从不加挑选转变为只吃八节的黄粉虫。研究人员观察到,一旦到达临界的猎物密度,大山雀几乎完全忽略短小的黄粉虫,总是宁愿等到八节黄粉虫出现,再大快朵颐。

至此,克雷布斯和他的同事们得出了与埃尔纳和休斯的螃蟹实验相同的结果。二者不同的是,由于大山雀实验设计得更为巧妙,克雷布斯能够准确地预测出使鸟儿从对猎物不

---

① 黄粉虫,俗称面包虫,成虫扁平长椭圆形,并且各节连接处有黄褐色环纹,腹部为淡黄色,因此得名黄粉虫。

加选择转变为有所挑选的临界密度。一旦达到这个临界密度,大山雀是否会像普通滨蟹那样,因大量出现的低收益率猎物而影响自己的选择呢?为了探寻答案,克雷布斯与他的同事放上了越来越多的四节黄粉虫。这一次大山雀的表现与螃蟹不同,正如模型所预测的那样,鸟儿们坚持忽略低收益的猎物,即使出现了大量的短小黄粉虫,大山雀还是坚持等待,直到八节黄粉虫出现才选择进食。

这是一个非常有说服力的证明。这种基于经济学原理的新"假设-演绎"方法能够预测捕食者对猎物密度的反应。麦克阿瑟和皮安卡的假说被验证是正确的。假说中唯一没有预见是,一旦达到临界密度,大山雀的态度并非突然从不加挑选转变为对高收益猎物的绝对偏爱,而是一个渐进式的过程。在转变的过程中,大山雀偶尔也会选择吃下一条四节黄粉虫。研究人员解释说,这是因为大山雀对猎物的价值还不确定,偶尔会对短小的猎物进行取样,以确认它们确实价值不大。这个模型并不完美,却是一个良好的开端!

确定性与风险选择

我们在前文中提到了收益的概念。人们想知道,如果渔夫留下小鱼是否比放走它再去钓另一条鱼能获得更大的收益。对于这个问题,我们可以运用前文提到的模型,通过估算池塘中鱼的数量来评估渔夫可以捕获大鱼的速度。但是,捕鱼的过程中存在一些随机因素,导致下一钓的收益可能是好的,也可能是坏的。寓言中就提到了这种不确定性,已经钓到的鱼是确定的收益,将要钓到的鱼仍然是不确定的收益。到目前为止,这个收益模型还没有将这种不确定性纳入考虑的范畴。然而,故事中的渔夫偏爱收益更加确定的选项,他不愿意冒险获取潜在的更高收益,最终选择保留小鱼。

行为生态学从对动物认知能力的机械论中解放出来,大胆假设动物和渔夫一样,也会受到不确定性的影响。美国生态学家托马斯·卡拉科(Thomas Caraco)精通统计数学,拥有亚利桑那大学博士学位,他在20世纪80年代初成功证明了这一假设[8]。他提出的关于不确定性重要性的论点在"自动取款机困境模型"中得到了很好的证明。

假设你发现自己孤身一人处在一个陌生的城市里,且身无分文,需要20欧元才能度过一晚,不然就会饿死。现在你只有一次提款机会,需要在两台自动取款机中选择一台。其中一台提款机每次能稳定地取出一张10欧元面额的纸币,另一台每次各有一半的概率能取出0或20欧元——两台提款机的平均收益相同,都是10欧元。你会选择哪一台机器取款?如果遵循渔夫"宁要今天一币,不等明日一双"的思路,选择收益最确定的选项,也就是那台每次确定能取出10欧元的机器,那么你就选错了,并会在即将到来的夜里死去。确定收益的自动取款机也确定了你的死亡,而收益不确定的自动取款机却有 50% 的概率能取出 20 欧元,让你生存下去。在这种情况下,我们就需要对谚语中说的道理反其道行之,选择最不确定的选项,放小鱼走,然后把你的钓鱼线重新扔回水里。

现在,让我们想象同样的场景:你仍然需要 20 欧元过夜,还是面对那两台自动取款机;唯一改变的是你不再身无分文,你的口袋里已经有了10欧元。现在,收益确定的自动取款机肯定会为你提供生存所需的 10 欧元,而收益不确定的那台取款机依然有不幸一分钱都提不出来的概率——这是唯一可能导致你没有足够的钱过夜的选项。在这种情况下,不确定性为你带来的不再是提高生存的概率,而是风险。那么,你就应该像渔夫一样,对自己说"宁要今天一币,不等明日一双"。

托马斯·卡拉科和他的同事们[9]研究了鸟笼中的墨西哥灯草鹀①(*Junco phaeonotus*)的食物选择,证明了这些鸟儿在食物选择中对不确定性十分敏感。他们是最早根据自动取款机困境设计实验的一批研究人员。研究人员为一只饥饿的墨西哥灯草鹀提供两个不同的装着小米的容器。这两个容器上都盖着一张不透明的纸,鸟儿需要走近想要选择的容器,取下上角的纸。而鸟儿一旦作出选择,而另一个容器

---

① 墨西哥灯草鹀(wú),属小型鸣禽,繁殖栖息地是北美的针叶林或混交林区,喜欢湿地,在地面上觅食;冬季集群活动,主要吃昆虫和种子。

就会被移除,确保鸟儿有且只有"一次提取"的权利。其中的一个容器每次确定提供 5 粒小米,另一个容器以同等机率提供 0 或 10 粒小米。于是这个实验中的两个容器的平均收益也一样,都是 5 粒小米。卡拉科通过这个巧妙的实验设计证明,在夜间,墨西哥灯草鹀预料自己的能量将耗尽时,它们会更倾向于收益不确定的选择;而当它们身体的能量储备尚佳时,则更偏向收益确定的选择。

以上实验十分简明地证实了墨西哥灯草鹀对不确定性的敏感度,给人留下了深刻的印象。动物不仅能够对不同的收益作出理性的选择,而且还能在不同情况下调整对不确定性的考量,有时它们更倾向于风险大、收益高的选择,有时则不然。科学家们对其他种类的动物进行的不确定性敏感度实验也收到了类似的结果,其中鼩鼱表现得尤为明显,因此我们必须认识到这一结果覆盖的动物种类规模巨大。起初,大多数行为学的研究人员很难接受动物能根据相当简单的收益计算来作出选择,但事实证明,它们也能利用复杂的数学概念来解决统计问题!

寓言启示

《渔夫与小鱼》的寓言建议我们要满足于已经拥有的,不要冒着失去它的风险追求更大的利益。但对于行为生态学家来说,这并不总是最好的建议。经济学分析深刻地改变了行为学,它带给我们基于自然选择的普遍原则的"假设-演绎"方法,而非基于个别动物物种的具体观察。以普通滨蟹和大山雀为对象进行的实验最先验证了这种经济学方法行之有效,对科学界产生了激励作用。

如今,经济模型及对其验证实验的数量都在呈爆炸式增长。麦克阿瑟和皮安卡提出的普遍原则已经从大黄蜂、蚂蚁到鱼、老鼠等许多物种身上都得到了验证。除了选择猎物外,这些模型还涉及多种选择——当一种资源聚集在一个空间中时,例如橡树下有许多掉落的橡果或小灌木上开满花,这一空间内的资源会随着开发而逐渐枯竭。在这种情况下,我们必须能够决定什么时候离开这个分蘖①去寻找另一个。"分蘖枯竭模型"甚至被用来预测黄粪蝇(*Scathophaga stercoraria*)的最佳交配时间。交配时,雌性黄粪蝇就像是一个"卵子分蘖",能够提供大量卵子让雄性参与受精过程,它的卵子也会在交配过程中逐渐耗尽,因此找到适当的时机终止和这只雌性的交配,并再去寻找新的雌性让其受精,对雄性而言更加有利。

经济学中的博弈论也可以用来选择最佳栖息地,决定加入或离开一个觅食群体,考虑偷别人的食物还是自己寻找食

---

① 分蘖(fēn niè),禾本科等植物在地面以下或接近地面处所发生的分枝。产生于比较膨大而贮有丰富养料的分蘖节上。直接从主茎基部分蘖节上发出的称一级分蘖,在一级分蘖基部又可产生新的分蘖芽和不定根,形成次二级分蘖。在条件良好的情况下,可以形成第三级、第四级分蘖。

物。第一类栖息地内物种的分布问题催生了一项被称为"最佳供应"[10]理论的规模庞大的国际性科学研究课题。这个理论将我们从每个物种的特定限制中解放出来，极具创造力地进一步大胆推测动物应该会做什么和不会做什么。除了食物选择问题之外，经济学方法的适用领域变得更加多样化，涉及动物的社会组织、亲子关系、竞技策略、亲本投资和学习形式。设计了大山雀实验的克雷布斯在1978年和他的同事尼克·戴维斯（Nick Davies）共同创作一部开创性的著作《行为生态学：进化方法论》[11]，为行为生态学这一研究动物行为的新方法奠定了坚实的基础。这本书的问世加速了古典行为学的彻底衰落，因为古典行为学建立在乏味的归纳方法之上，认为动物是没有思想的机器[12]。与此同时，麦克阿瑟的合著者爱德华·威尔逊和克雷布斯的同事理查德·道金斯先后出版了《社会生物学》和《自私的基因》两本著作，开创了行为生态学的姊妹学科——社会生物学，其基础同样是基于自然选择原理的"假设-演绎"方法。

具有讽刺意味的是，大多数生态学家对这种解决生态问题的新方法都无动于衷。反倒是行为学家，也就是对行为感兴趣的科学家们，十分热衷于这种新方法。为了使观察结果与经济模型的预期相协调，行为生态学的实验结果对动物的认知能力又提出了许多新的问题。鸲鶓如何得知自己的选择会导致自己面临更大的风险？螃蟹在吃东西的同时能继续寻找食物吗？山雀会对猎物进行取样吗？

很明显，"双鸟在林不如一鸟在手"这句英国谚语并不总是正确的，迄今为止所有测试动物的表现也都证实了这一点，有时风险选项比确定选项更加有利。动物行为学完成了向行为生态学的华丽转身，它使我们了解到，动物往往比渔夫更加理智，因为它们明白一个道理——"一鸟在手不一定胜过双鸟在林"。

第 7 章　出人意料的合作

—狐狸与鹤—

有一天狐狸大哥
留下鹤大姐，
不惜破费请吃饭。
一餐非常清淡，
他生活一向节俭；
这次只做一点稀汤，
盛在一只盘子上。
长嘴鹤大姐什么也啄不着，
狐狸却三口两口把汤舔光了。
鹤大姐受此愚弄，心存报复，
过几天也回请狐狸大哥。
"好哇，"狐狸回答说，

"我和朋友们交际，
从来就不讲虚礼。"
狐狸准时赶来赴约，
登门拜访鹤大姐，
盛赞女主人招待周到，
菜肴烧得正够火候。
尤其胃口，狐狸一向胃口好，
闻到肉香就享受了口福，
吃到口中更该美不胜收。
不料鹤大姐给他出了难题，
将小肉丁装进长颈细口瓶里，
鹤的长喙很容易就探到里面，
狐狸大嘴只能在外边打转。
他只好饿肚子回家，
一路上两耳耷拉，
还紧紧夹住大尾巴；
彻头彻尾的狼狈相，
就像上了小鸡的大当。
骗子，我这寓言写给你们欣赏，
你们等着瞧会有同样下场。

相互关系可以是两个个体合作的一种形式。但很显然，《狐狸与鹤》这个故事中两位主角的关系和合作相去甚远。然而，一些研究表明，鹤为了报复狐狸的卑鄙行为实行的"以眼还眼，以牙还牙"的政策，却有可能成为合作出现的基础。

相互关系的前提是两个身份明确的个体进行互动。符合这一条件的情况不胜枚举，比如你和朋友一起在酒吧喝酒，一对夫妇或室友一起做家务。好几种涉及两方的经济关系也满足这个条件，比如房客和房东签订租约，在餐馆预定一张餐桌，或者在商店里买一件衣服。总之，拉封丹的故事告诉我们，在任何涉及两方的互动中，一方作弊必然会在相互关系的作用下招致另一方的作弊。但我认为经过进一步分析，相互性有时会促使一段合作关系的达成。因此，我们有必要了解有利于促成合作的条件。

动物世界中的互相合作

我们已经知道,好多种动物会自发性合作[1]。这些合作往往以互惠共生的形式发生,也就是说在此情况下,关系中的双方除了合作没有更好的选择。坦桑尼亚北部的塞伦盖蒂国家公园①中生活着数以百万计的动物,其中就包括红嘴牛椋鸟②(*Buphagus erythrorhynchus*)。这些红嘴巴的鸟儿会栖息在包括家畜在内的大型哺乳动物身上。当它们停留在牛的头上或背上时,牛并不会将它们轰走,反而还会任由红嘴牛椋鸟在自己的耳朵里啄来啄去,或者在自己的伤口里觅食。牛的皮肤上滋生有大量的昆虫和蜱虫,而红嘴牛椋鸟恰以这些虫子为食。这就是一种互惠共生的关系,在这段关系中,红嘴牛椋鸟能得到一个保护它不受捕食者伤害的安全环境,并在其中觅食;而牛能摆脱身上的部分寄生虫,从中获益。所以在这个例子中,鸟类和哺乳动物在一种互惠的关系中实现了合作。

可是这种互惠共生的关系十分特殊,所以想要在其中作出有利于自身的欺骗行为并不可行,也就是说,像狐狸戏弄

---

① 塞伦盖蒂国家公园(Serengeti National Park)是坦桑尼亚联合共和国塞伦盖蒂地区的一座大型国家公园,位于东非大裂谷以西,因每年都会出现超过 150 万只牛羚和约 25 万只斑马的大规模迁徙而闻名。

② 红嘴牛椋(liáng)鸟,属于雀形目椋鸟科牛椋鸟属(*Buphagus*),产于非洲。

鹤那样利用对方的善意在这样的关系里是不会出现的。对牛来说,把红嘴牛椋鸟赶走只有坏处;同样,红嘴牛椋鸟如果不吃牛身上的寄生虫也没有任何好处。

塞伦盖蒂国家公园中还生活着一大群母狮(*Panthera leo*),母狮们互为姑母和侄女,姐妹,母女或祖母和外孙,通过亲缘关系组成母系社会团体,女儿从母亲那里继承领地。通过乔治·夏勒①的出色研究,我们得知母狮会集体狩猎[2]。如果单打独斗,一头母狮只能抓获一些小型猎物,但当它们联合起来组成一个狩猎团体时,就可以捕捉到更难抓获或体型大得多的猎物。例如,在猎杀斑纹角马②(*Connochaetes taurinus*)幼崽时,单头母狮将不得不面对被角马妈妈锋利的犄角刺伤的危险——在角马妈妈的保护下,一头母狮很难有效地接近幼崽。可要是两只母狮合作,成功的概率就会立刻增加,因为一头母狮将负责吸引并避开角马妈妈愤怒的冲锋,另一头母狮就能在此时趁机捕获幼崽;捕猎成功后,两头母狮会一起分享猎物。对母狮们来说,双方合作自然是更好的选择!

母狮间的合作形式和寓言中的情况比较类似,因为两头

---

① 乔治·夏勒(George Schaller,1933—)美国动物学家、博物学家、自然保护主义者和作家,致力于野生动物的保护和研究,曾被美国《时代周刊》评为世界上最杰出的野生动物研究学者。

② 斑纹角马,为哺乳纲、牛科、狷羚亚科的大型食草动物,雌雄都有角,头粗大而且肩宽,很像水牛,后部纤细,比较像马,成年雄性体长可达到2米以上,生活在非洲草原上。

母狮中的任何一方都能十分容易地欺骗对方（要是它们想的话），比如，趁同伴在狩猎后体力下降时抢走猎物，独自享用。那么，是什么阻止了这段关系中的欺骗行为呢？原因可能是母狮不会在不做任何反抗的情况下任由猎物被对方抢走，如此一来，偷走猎物的一方就有受伤的危险。因此，母狮即便可以选择欺骗，这种行为也不能带来比其他选择更大的收益，于是母狮间存在的其实还是互惠共生的关系，这种关系并没有产生欺骗的可能性。若想与寓言中描述的情况完全符合，那么欺骗对方的行为必须要能带来切实的好处。在这种特定情况下，如果关系中的双方不顾一切地坚持合作，那就代表双方都接受不利用伙伴为自己牟利——而这种形式的合作似乎特别难以建立。这就是拉封丹想通过《狐狸与鹤》告诉我们的道理：合作中的最大阻碍是利用合作伙伴的诚意。

囚徒困境

我不知道出生于加拿大的数学家阿尔伯特·塔克（Albert Tucker，1905—1995）是否从拉封丹的寓言故事中获得了灵感，作出了自己对于合作出现的条件的推论，但他对于合作条件的描述和《狐狸与鹤》中的情况完全吻合。塔克将这种假设的情况称为"囚徒困境"（prisoner's dilemma）。塔克描述了这样一场博弈：警方怀疑两个人共同实施了一项犯罪,两个嫌疑人分别在牢房里单独接受审问,无法相互沟通或协调自己与另一人的说辞。双方都不知道对方和警察说了什么,然而他们知道的是,如果两个人相互合作,都不告发对方,那么在被拘留几小时后,两人都能获释;而如果他们各自承认自己的罪行,那么最终两人都将被判处监禁。

在"囚徒困境"中,值得我们关注的地方在于欺骗,即利用对方的善意带来的后果:告发同伙,但对方却没有告发你。如果欺骗的情况出现,背叛者会被立即释放,而好心(未揭发对方)的同伙则受骗上当,面临长期的牢狱之灾。这个虚构的情境之所以被称为困境,是由于局中的双方都需要在不清楚对方博弈策略的条件下作出选择:选择与同伙合作——需要冒着被告发的风险,或告发同伙——以避免被对方背叛。一个理性的人,即一个总是会作出对自身最有利选择的人,除了背叛同伙没有其他更好的选择。因此,"囚徒困境"的结果必然是两人双双入狱,而这个结果比两人合作拒绝指控同伙糟糕多了。塔克认为,"囚徒困境"甚至阐明了阻碍自发性合作出现的本质原因——理性的选择必定总是背叛,拉封丹对此早有预见。

然而,美国政治学家罗伯特·阿克塞尔罗德(Robert Axelrod)确信这一悲剧的结局是可以避免的,在某些情况下,合作一定能够在这种困境中达成。阿克塞尔罗德认为,如果一方和自己的伙伴只进行一次囚徒困境的博弈,对他们而言,唯一合理的选择就是背叛对方而不是合作。然而,如果双方被迫多次重复这一困境,双方的逻辑策略就很可能发生变化——前提是重复囚徒困境博弈的双方都与上次相同,且距上次博弈的时间不长。而且还要注意,参与的双方都不能知道博弈重复的具体次数,因为如果双方都知道要一起进行"十二次"囚徒困境博弈,那么在最后一次博弈时,理性策略将与第一次完全相同:在第十二次时,双方都会选择背叛对方。总之,只要博弈中的双方事先知道重复的精确次数,合作就不可能达成。

因此,阿克塞尔罗德确信倘若反其道行之,不断重复囚徒困境且重复次数不确定时,合作策略就可能出现。为了证明自己的观点,他在《科学》杂志上向科学界提出了一个挑战[3]:阿克塞尔罗德发起了一场重复进行的囚徒困境比赛,并向所有人征集博弈策略,看最后合作的策略能否获胜。结果,一套合作策略积累出比其他所有策略更高的分数,最终赢得了比赛。获胜的是由美国生物数学家阿纳托尔·拉波波特(Anatol Rapoport,1911—2007)提出的"以牙还牙"策略(Tit for Tat)。这个策略的优点在于简单且十分有效。"以牙还牙"是一种针锋相对策略,分为两个步骤:第一回合选择合作,在下一回合选择与对方在上一回合同样的态度,这正是寓言故事中鹤采取的策略。显然,如果对方像狐狸一样在第一回合自私地选择背叛,那么在下一回合中的我方就会像拉封丹寓言中描写的一样,采取同样自私的态度予以还击。但如果在第一回合中对方也奇迹般地采取了合作策略,那么之后双方同样会在每一回合的博弈中选择合作,由此就能出现一段互惠的螺旋关系。要是双方的策略都是在第一回合中就采取合作态度,合作关系出现的概率就将更大;要是双方还具有偶然原谅有过背叛行为的另一方的倾向,合作关系出现的概率就会进一步上升。阿克塞尔罗德认为,当未来的互动比评估每一种策略的收益更重要时,合作就可能自发出现,而不受任何外部约束或限制,即便在两个理性且不能相互沟通的同伴之间的囚徒困境中也是如此,前提条件就是双方都知道接下来还有若干回合的博弈,随后的同伴仍是彼此,且都知晓对方在上一回合中作出的选择。

吸血蝙蝠中的施舍者和乞讨者

正如作家布莱姆·斯托克[①]想象的那样,"吸血鬼"确实存在。不过真正的吸血鬼并不是像德古拉伯爵那样的人类僵尸,也并非生活在东欧,它们是生活在美洲热带地区的蝙蝠。这些蝙蝠就像小说里的吸血鬼一样,在夜间外出狩猎,但它们并不惧怕满月、镜子或大蒜。蝙蝠们白天睡觉,睡觉地点多选在树洞、岩洞或阁楼里,而不是小说写的坟墓里。不过它们确实和德古拉一样完全以血液为食,是名副其实的

---

① 布莱姆·斯托克(Bram Stoker,1847—1912),英国(现爱尔兰)小说家、短篇小说家,于1897年出版了广为人知的吸血鬼题材小说《德古拉》(*Dracula*),"德古拉伯爵"是小说主人公,也是著名的吸血鬼。

吸血动物。吸血蝠主要以大型哺乳动物的血液为食，比如马、牛和驴，有时也像德古拉一样会吸食人类的血液。它们更喜欢选择睡着的猎物，因为这样更方便它们吸血。最常见的吸血蝠（*Desmodus rotundus*）能通过敏锐的听觉识别动物睡觉时的特殊呼吸声，以此找到猎物的位置[4]。它们扁平的鼻子对热量非常敏感，可以定位皮肤下的血管。吸血蝠的门牙能像外科手术刀那样精准地切开皮肤，又不会造成太强烈的痛感，因为它们的唾液中含有止痛成分和德库林（Decurin），德库林是一种强效的抗凝血剂，可以延长血液流动的时间。

尽管蝙蝠拥有这些惊人的生存适应能力，它在夜间还是约有五分之一的概率找不到食物。那样，它就只能饿着肚子回到族群的栖息地，不得不待到第二天晚上再外出觅食。如果它在第二个夜晚还是没能狩猎成功，等待它的将是更加悲惨的后果——事实上，蝙蝠的新陈代谢几乎不能支撑它空腹活到第三个晚上，在开始第三个晚上的狩猎之前，它一定已经饿死了。

因此，如果一只蝙蝠某天空手而归，它可以向自己所在的栖息地的伙伴们请求施舍。有些蝙蝠愿意反刍一些食物，给它提供救急的一餐。蝙蝠的这种行为十分令人惊讶，因为这是一种完全的利他行为，这么做的代价完全由食物供给方承担，却给接受者带来相当大的收益。对于一只新陈代谢十分迅速的小吸血蝠来说，同伴提供的食物数量并不算多，但能保证它有能量续航,这才是最重要的,吃东西从某种意义上来说就像给自身的电池充电一样。我们通过杰拉德·威尔金森的仔细测量可知,一只捕猎成功的吸血蝠回到栖息地时,电量充满且拥有100%的续航能量;而第一晚并未捕猎成功的蝙蝠电量部分消耗,回来时仅剩30%的续航能量;第二晚还未捕猎成功的蝙蝠续航能量降为零,等待它的只有死路一条。因此,同一栖息地的成员反刍的救急食物可以为它提供足够的补给,支撑它进行下一个夜晚的狩猎,进而生存下来。然而,这位利他的食物贡献者仅会失去一点儿续航能量,并不会对它的生存造成太大的不利影响。

像拉封丹寓言中狐狸对鹤的所作所为一样,在吸血蝠的这种关系中,也可能出现背叛的行为。某只蝙蝠个体可以选择只从别的同伴那里得到食物,却拒绝向其他有需要的同伴提供紧急食物。若是所有的吸血蝠都选择背叛,那么塔克"囚徒困境"中预言的一幕就会上演,由于拒绝帮助对方,对方之后也可能反过来拒绝帮助自己,最终很多蝙蝠都将饿死。但正如阿克塞尔罗德的博弈竞赛一样,蝙蝠间的这种囚徒困境并不是单次博弈。吸血蝠的寿命很长,它们会多次经历向其他蝙蝠索求或给予救急食物的情况。蝙蝠栖息地内的成员组成虽然会经常发生变化,但一定数量的蝙蝠个体会选择每夜都聚集在一起,组成一个个小团体。这些吸血蝠之间可以彼此识别,至此,互惠策略出现需要的所有条件都得到了满足。一只蝙蝠向另一只吐出救急食物,这一次它只失去了很少的续航能量，却能换来下一次生存的机会，因为这位得到帮助的同伴会在需要的时候对它投桃报李。而如果这位同伴选择背叛，只接受不回报，那么下一次它有需要时，同伴便不会再给它提供救急食物。"以牙还牙"策略能够避免双输局面的产生。

一只吸血蝠每个夜晚都与同一群伙伴在同一片栖息地中生活，在这种情况下，未来再次相遇的概率是很大的。这正是阿克塞尔罗德所预测的情况，即随着"以牙还牙"策略的采用，合作将会出现。威尔金森则指出，吸血蝠提供救急食物的对象通常是与它有着特殊联系的个体。合作维持的前提在于两只蝙蝠彼此认识，将来还会继续多次互动，并且，两只蝙蝠都具备一定认知能力，能记住对方上次给予的回应。遵循拉封丹寓言中的启示和阿克塞尔罗德的理论，合作关系就这样在吸血蝠群体中体现出来。

除了吸血蝠，还有许多其他的合作例子。阿克塞尔罗德在他的《合作的演化》一书中介绍了其中最惊人的一个案例[5]。这件事儿发生在第一次世界大战的西欧前线。阿克塞尔罗德在收集并研究了参加这场壕堑战的几位英国士兵的日记和书信之后，确认了与敌人建立互惠规约的重要性，在那之前，这种现象似乎都只是道听途说。例如，士兵之间会达成一种心照不宣的协议，那就是不在厕所周围或吃饭时间向敌人开火。这些协议并不符合最高统帅部的利益，因为在指挥官们看来，这无异于一种叛国行为。指挥官们甚至还制定了许多策略来阻止这种自发停火现象的出现,比如提高同一战场上部队的调动频率,使交战双方绝不可能和对方产生任何形式的互动;或者发动频繁且不可预测的袭击,使敌人别无选择,只能以其人之道还治其人之身。但是,即使在这种对抗达到顶峰的战争背景下,合作仍然能够以互惠形式出现。究其原因,还是因为3个前提条件都被满足了:战场双方知道自己会和对方展开多场较量;双方彼此认识;且每一方都记得对方上次的行为。

寄生虫清洁工和它的顾客

互惠是许多人与人之间的社会交往的基础准则。甚至,连我们的经济也建立在互惠的基础上:一方付钱给另一方,以此谋求一件物品或一项服务作为回报。例如我们购买一张去往巴黎的机票,航空公司相应地提供飞机上的一个座位和到达目的地所需的所有服务。

可是,一段互惠关系中的双方,在交互中所获得的利益很少能完美对等。这种微小的差异可能导致双方在交易中出现利益冲突。在人类的世界里,我们创造了法律来保护自身的利益,防止被欺骗。在动物世界中,平等交换遵循的则是一套不成文的法律。

瑞士纳沙泰尔大学的动物行为学家雷多安·布沙里(Redouan Bshary)将他研究生涯的很大一部分时间用于探

索珊瑚礁鱼类之间的互惠关系。他发表了许多实验研究，探讨在印度洋-太平洋海域的珊瑚礁中由一种小型的黄色裂唇鱼（*Labroides dimidiatus*）及其"顾客"所建立的经济系统。裂唇鱼会为其他鱼类（很多时候甚至为捕食性鱼类）清除粘在皮肤上的小寄生虫。首先，裂唇鱼必须向顾客表明它们提供清洁服务的意图，而它的顾客也必须非常清楚地给予同意的回应。倘若没有这样明确的事先沟通，一旦产生了误解，它将处于十分危险的境地。在一段互惠关系建立前，裂唇鱼会一边接近顾客，一边轻轻抖动身体并露出黄色和黑色的侧鳍。它的顾客可能是石斑鱼这种可怕的捕食者，而石斑鱼则会张开黑洞洞的大嘴保持不动，同时展开它的鳃和鳍，作为接受清洁服务的回应。随后，裂唇鱼便可以进入石斑鱼长满尖牙的嘴巴，在牙龈各处啃咬，然后再钻到舌头下面进行检查。裂唇鱼甚至能在石斑鱼的鳃盖骨和一排排粉红色的鳃之间穿梭，仔细检查里面是否有能吃的寄生虫。最后，裂唇鱼从石斑鱼的嘴里游出来，去检查它的顾客背部的鳞片，去除掉顾客背鳍上附着的寄生虫。

裂唇鱼就这样吃掉栖息在石斑鱼身体表面或体内的寄生虫。这一行为对它的顾客也有好处，寄生虫寄生在石斑鱼的身体上，使石斑鱼面临感染的风险，惹得石斑鱼十分不快。摆脱这些寄生虫对石斑鱼来说是有利无弊的。到目前为止，寄生虫清洁工裂唇鱼和它的顾客石斑鱼之间的互惠关系与牛椋鸟和牛之间的关系非常相似。但事实并非全然如此，因为在清洁工和顾客的关系中,双方都可以使诈。比如,石斑鱼可能会趁剔牙之际吞下裂唇鱼,从而轻松获得一顿美餐。至于应该为顾客吃掉身体上寄生虫的裂唇鱼呢,它也可以选择不吃寄生虫,而是趁机吃掉石斑鱼口中更有营养的黏膜;只是这种行为对石斑鱼来说没有任何好处,所以它不会任由裂唇鱼损伤自己的黏膜。

不过,裂唇鱼还是有方法实施这种行为使自己获利:它会在吃寄生虫时咬得更用力、更深,并趁机撕下黏膜,有时甚至会撕下石斑鱼的鳞片。在顾客被疼得一颤时,裂唇鱼就发现自己做得太过分了,它就发出一种新的、貌似道歉的信号给它的顾客,石斑鱼便能被暂时安抚住。然而,即便石斑鱼嘴里的黏膜很有营养,太过频繁地故技重施,对裂唇鱼来说也是十分危险的。

在这个类似于服务经济的系统中,身处其中的个体需要与对方发生很多互动。每条裂唇鱼都会在自己固定的领地范围内活动,石斑鱼则能够记住自己与某块区域内清洁工互动的质量。如果裂唇鱼在互动中作出过多的欺诈行为,它的顾客就有可能直接吞它下肚予以回击;或者更可以确认的是,顾客会转而去别的区域向其他清洁工寻求服务。布沙里指出,当一片珊瑚礁里生活的裂唇鱼很密集时,它们对待顾客的态度将更加礼敬,欺诈行为也会减少。因为在这样的市场中,清洁工之间的竞争十分激烈,为招揽数量足够多的顾客,服务质量至为重要。相反,当珊瑚礁内裂唇鱼的数量很少时,竞争就没那么激烈,清洁工处于垄断地位,顾客并没有其他的选择。在此情况下,裂唇鱼便会更频繁地咬食顾客的黏膜以提高服务的价格(回报)。

裂唇鱼也会"看鱼下菜碟",它们会根据顾客的种类调整它们的清洁价格。对石斑鱼这类危险的捕食性鱼类,裂唇鱼不太偏向咬食它们的黏膜。当顾客是食草鱼类时,裂唇鱼就会更加频繁地咬食顾客的黏膜。服务提供者和顾客之间的相互关系并不对等,关系中的双方会在能够维持关系的前提下,以一种服务提供者可以实施且顾客愿意承受的欺骗程度来进行某种讨价还价,而这一切都是在没有法律约束,没有警察执行,没有集权机构组织管理的情况下发生的。

寓言启示

根据阿克塞尔罗德的结论,互惠可能会促成合作的出现。然而,互惠关系并不总在合作的表象中显示出来。比如排队上公共汽车这件事儿。事实上,并没有人强迫我们这样做,甚至没有人要求我们这样做。然而,在我居住的加拿大蒙特利尔,往往在公共汽车站等车的数十个乘客都会自发地排队。人们通过选择遵守先来后到的原则,达成在无人推挤的情况下上车。当然,偶尔也有人拒绝排队,选择插队,好抢在其他人之前上车,但这种自私的人十分罕见。只是,排队的例子并不属于囚徒困境,在这种形式的合作中不存在任何互惠的成分。排队并不是两人间的互动,而且,同样的人不太可能在"排队博弈"中反复相遇。

另一种可能带来更大影响的情况也有赖于合作。减少温室气体排放以减缓全球变暖需要全人类共同合作,这既不是一种囚徒困境,也不是双人互动。在 2015 年的巴黎气候变化大会上,195 个国家签署了一项限制排放的协议:截至 2100 年,将全球变暖的温度区间限制在 1.5 ℃~2.0 ℃。尽管如此,目前包括加拿大和法国在内的多个国家仍远未达到它们承诺的目标。阿克塞尔罗德的博弈模型和拉封丹的寓言都对解决此问题毫无帮助,它们都只对某种特定形式的合作有意义,那就是在双方之间进行的,且严格遵循多次重复的囚徒困境的条件。

虽然囚徒困境的例子在日常生活中很常见,阿克塞尔罗德也为我们留下了破局的一线希望,他的博弈中的大多数互动,即使是在给出了互惠策略的情况下,也还是与《狐狸和鹤》寓言故事中的情形类似,这是阿克塞尔罗德并未告诉我们的。"以牙还牙"策略之所以能够积累更多得分,主要原因是当你与一个卑鄙的同伴进行博弈的时候,这个策略能让你免于重复上当受骗。当然,这个策略的使用者在首次遇到自私的同伴时将受骗,但也仅会在这次的博弈中失分;在之后遭遇对方时,策略使用者则会认出对方,并睚眦必报。从一方面看,比赛中每个策略的最终得分是大量重复的总和,因此初始成本在最终得分中所占的比重并不大。另一方面,一旦"以牙还牙"策略使用者偶然遇到一个无私的新伙伴,他们二者就能达成经常性的合作。无私的伙伴可能很稀少,但只要遇上了,双方就都能获得极大的收益。归根结底,使用"以牙还牙"策略是因为它既能从无私的合作中获益,同时又规避了自私导致的代价。

事实上,如果仔细观察阿克塞尔罗德的比赛中各个选手的行为,你就会发现拉封丹的寓言很好地反映出了真实世界中的情况。"以牙还牙"策略以最高的得分赢得了重复囚徒困境比赛的胜利,并在一个满是狐狸的世界里再现了《狐狸和鹤》的寓言故事。鹤具有以牙还牙策略者的所有特征,如果狐狸选择无私,它就会对狐狸予以回报。

其他模拟实验还表明,态度更加宽厚的"以牙还牙"策略能够取得更好的效果:如果面对悔改并已经采用无私策略的狐狸,我方能够原谅对方并在下一轮中也选择无私。原谅对方有助于建立良性循环,而不永久地采取自私的报复。

综上所述,拉封丹的这篇寓言故事的寓意主要体现在最后一句话中:"你们等着瞧会有同样下场。"以牙还牙虽不能避免最糟糕的情况,却能给那些愿意尝试无私的人带来最好的希望。

后记 **归于道德**

事实并不总是看起来的那样。儿时的我想研究大自然并了解它的运行规律。通过多次观察，我非常确信是树木制造了风。很明显，当树叶一动不动的时候，一丝微风也不会有，而树叶一旦开始摇动，我的皮肤就能感觉到风的吹拂。因此，我一度确定强风和暴风雨都来自北方的大片森林。当然，随着时间的流逝和对天气现象了解的加深，我发现尽管表面上看起来是这样，但自己完全搞错了。

我不是第一个，也不是最后一个不得不遗憾地承认真理并非建立在细致的观察之上的人。科学、实验和数据告诉我们，地球不是平的，太阳并非围绕着地球旋转，而且，不管占星爱好者们怎么想，恒星的位置对我们的生活并不存在任何影响。

小学、中学和大学中的系统性教学总是先从引言开始，回顾一些早已被人们验证是错误的结论，比如：水、土、空气和火是组成宇宙的基本元素，一块腐烂的肉上会自动生出蛆虫，又或者地球的年龄最多只有几千岁。所有的课程，无论是物理、化学、地质学还是历史，都从学习所有这些已经被实验和测量否定了的错误的好想法开始。昨日的真理在今天的我们看来显然是错误的，以至于让我们产生了一种错觉，认为前辈肯定不如我们聪明。从前的人们以为他们知道真理，现在又轮到我们自以为知道真理。然而，真正的智慧难道不就在于相信对真理的理解往往只是暂时的，总是有可能被更符合事实的真理所取代吗？我相信，当代的许多真理在未来那些掌握了新数据的人眼里将十分荒谬，他们终将推翻这些真理。

伊索开创性地将寓言作为一种教学工具，告诉人们那些隐藏在欺骗性外表之下的种种真相：乌龟可以赢得与野兔的赛跑，蚂蚁辛勤的劳动能比悠闲的享乐带来更多好处，奉承的人说好听的话是想达到自己的目的，"宁要今天一币，不等明日一双"，骗子必然受到对方的报复……这些故事让人们开始思考生活中那些令人不甚愉快的现实。《拉封丹寓言》诗意的写作风格美化了故事的语言，但故事结尾的劝诫却依然犀利直白：剥削者无处不在；沟通中隐藏着操纵；集体议会为不作为的懦夫提供庇护所。寓言也尝试作批判性分析，试图超越表象分析问题的本质，只是那些故事的结论充其量只建立在大众常识性的智慧上，并无任何科学依据。但别忘了，所有的真理都只是暂时正确而已，因此这些故事值得被仔细研究，检验它们的真实性。相较确定性，怀疑和批评更能促进知识的进步，最平凡的事情从来都不似看起来那么简单。

今天,动物已经成为一个有争议且两极分化严重的话题。对一些人来说,人类对动物加以利用,无论是实行围猎、密集化养殖,还是人工养鱼或工业化捕鱼,怎样都行,而无需太多顾虑。但在另一些人看来,即便在采取缓和措施的情况下,任何对动物的开发利用都侵害了动物的权益,也包含开发任何动物产品,无论是蜂蜜、鸡蛋、肉还是奶,在道德上都是站不住脚的。这些争论声应当引起我们的关注,但我们对这些动物、它们的需求,以及它们对世界的感知究竟了解多少?如果说这本书能给读者什么启示的话,那就是与我们朝夕相处的动物们既是我们的朋友,对我们来说又很陌生;它们与我们既相似又不同;有些动物与人类长相类似,有些又与我们大相径庭。无论如何,动物们生活在它们自己的现实中,那是一个与我们的感觉和思考方式截然不同的世界。对于动物行为的科学研究给我们带来了令人目眩神迷的发现。动物们拥有我们不可置信的能力:老鼠之间能分享关于食物的信息,蜜蜂之间会相互交流,裂唇鱼为其他鱼类提供清洁服务并获取报酬,大山雀在选择食物时会进行理性思考,螃蟹和大山雀能够进行复杂的经济分析,叉尾卷尾鸟会模仿其他动物的叫声进行欺诈活动,以及海鸥竟然喜爱绿色立方体多过于自己的蛋。

动物并不像我们想象的那样,它们既不是麻木的物体,也不是人类的变异。我们决不能不假思索地将人类的观点、看法和信念强加给它们，或者决定什么对它们有利，什么对它们不利。无论是改善家畜、家禽的饲养条件，还是实践对受保护物种的保护行动，我们作出的每一项决定都必须以系统科学的方法和事实为基础，这也正是行为学所倡导的。我们太需要深入地了解动物了。当然，科学之路漫漫、耗费巨大，我们探寻的过程中需要极其精细甚至吹毛求疵，但这正是我们探索平行世界的最好路径，在这个平行世界里，所有其他物种与人类共享这个星球。至今为止，动物行为学的研究只涉及很小一部分物种，我们对动物行为的科学认识才刚刚起步。一百年后，通过更加巧妙的实验和更加精确的测量，我们的后人也许会发现当下的人类自认为确切知悉的事儿也是错误的。

这本书想告诉大家，想真正地尊重动物，就要超越那些显著的表象，以动物的视角去理解它们。即便是对我膝盖上的猫咪也是如此……我确信自己对它十分了解，正如我曾经确信树木制造了风。

致谢

以拉封丹的寓言为出发点来讲述动物行为,最初萌生这个想法的人并不是我。这一切还要归功于我的编辑奥利维亚·雷卡森斯(Olivia Recasens),我非常感谢她策划了这个大胆又蕴藏深意的选题。

在本书创作的不同阶段,其中的一些章节有幸得到了我的朋友、同事和亲友们的阅读和评论。我要感谢乔纳森·帕克特(Jonathan Paquette),他花费宝贵的时间阅读了本书的全部手稿,并提出了许多建议帮助我阐明自己的观点。莫妮克·雷金博尔德-齐博(Monique Régimbald-Zieber)就《狐狸与乌鸦》和《小老鼠和猫头鹰》两章提出了建议;我的同事德尼斯·雷阿勒(Denis Réale)欣然同意对《老鼠开会》一章进行评校;我的女儿奥菲莉·普鲁克斯-吉拉尔多(Ophélie Proulx-Giraldeau)为《龟兔赛跑》一章的初稿做了详细的注释;感谢各位的慷慨评论。

我还要感谢我的妻子多米尼克·普罗克斯(Dominique

Proulx),这本书的写作过程不可避免地融入了我们度假和休息的每时每刻,但她一直给予我支持和鼓励。在隔离的那段困难时光中,奥利维亚·雷卡森斯给予了我许多鼓励,这一切对我来说珍贵异常。

参考文献及注释

前言

[1] 本书参考2014年印制的1868年版《拉封丹寓言》,由法国艺术家古斯塔夫·多雷(Paul Gustave Louis Christophe Dor)绘制插图,书中对拉封丹第1版的序言和致敬进行了修订和扩充,并介绍了著名的古希腊哲学家、文学家伊索(Aísôpos,约前620—前560,弗里吉亚人)的生平。

[2] 同上。

[3] 同上,p. 17。

[4] GIRALDEAU L.-A., *Dans l'œil du pigeon*, Paris, Le Pommier, 2017.

第1章 当动物做出与我们相似的行为

[1] MORA C., TITTENSOR D. P., ADI S., SIMPSON A. G. B. et WORM B., 《*How many species are on the Earth and in the ocean*》, PLoS Biology, vol. 9, 2011.

[2] 如希望更详细地了解关于马儿汉斯的历史故事及其相关研究,可查阅奥斯卡·芬格斯特教授(Oskar Pfungst)于1911年出版的著作,书中详细记录了作者对事件的调查:https://www.gutenberg.org/fi

les/33936/33936-h/33936-h.htm.

[3] ROSENTHAL R. et FODE K. L., 《*The effect of experimenter bias on the performance of the albino rat*》, *Behavioral Science*, vol. 8, 1963, p. 183-189.

[4] ZACH R., 《*Shell dropping: decision-making and optimal foraging in northwestern crows*》, *Behaviour*, vol. 68, 1979, p. 106-117.

[5] MAPLE T., 《*Do crows use automobiles as nut-crackers?*》, *Western Birds*, vol. 5, 1974, p. 97-98.

[6] CRISTOL D. A., SWITZER P. V., JOHNSON K. L. et WALKE L. S., 《*Crows do not use automobiles as nutcrackers: putting an anecdote to the test*》, *Auk*, vol. 114, 1997, p. 296-298.

[7] 推荐一本好书：BOLLACHE L., *Comment pensent les animaux*, Paris, humenSciences, 2020.

第 2 章 自然选择与传染病

[1] CARROLL L., *Through the Looking Glass and What Alice Found There*, New York, Macmillan, 1872.

[2] 想要了解更多，还可参考世界卫生组织数据平台：https://www.who.int/antimicrobial-resistance/ interagency-coordination-group/ IACG_final_report_FR.pdf? ua＝1.

[3] EWALD P. W., *Plague Time: The New Germ Theory of Disease*, New York, Anchor Books, 2002.

[4] GIRALDEAU L.-A., HEEB P. et KOSFELD M. (dir.), *Investors and Exploiters in Ecology and Economics: Principles and Applications*, Cambridge, MIT Press, 2017. 书中概述了在红心王后的颠

倒世界架构下的公共卫生防治方法,在这样的世界中,作弊的细菌个体抑制了强毒性细菌个体的生存。

第 3 章 从交流到操纵

[1] HEIL M. et KARBAN R.,《*Explaining evolution of plant communication by airborne signals*》, *Trends in Ecology & Evolution*, vol. 25, 2010, p. 137-144.

[2] THERAULAZ G.,*L'Intelligence collective des sociétés d'insectes*, Paris, Le Pommier, 2006.

[3] FLOWER T. P., GRIBBLE M. et RIDLEY A. R.,《*Deception by flexible alarm mimicry in an African bird*》, *Science*, vol. 344, 2014, p. 513-516.

[4] 《La merveilleuse parade nuptiale du paradisier superbe》, YouTube 频道 Nat Geo France,2020 年 4 月 24 日。

[5] DAWKINS R. et KREBS J. R.,《*Animal Signals: Information or Manipulation?*》dans KREBS J. R. et DAVIES N. B.（dir.）, *Behavioural Ecology an Evolutionary Approach*, Sunderland, Sinauer Associates, 1978.

第 4 章 动物的集体智慧

[1] *Willard*,Daniel Mann 导演,1971 年上映.

[2] BERDOY M., *The Laboratory Rat: A Natural History*, Oxford University, 见 https://www.youtube.com/watch?v=giu5WjUt2GA&t=137s.

[3] GALEF B. G. Jr et WIGMORE S. W.,《*Transfer of information concerning distant foods: A laboratory investigation of the "Infor-*

mation-Centre" hypothesis》, Animal Behaviour, vol. 32, 1983, p. 748-758.

第 5 章　剥削者

[1] GROSS M. R.,《Sneakers, satellites and parentals: polymorphic mating strategies in North American sunfishes》, Zeitschrift für Tierpsychology, vol. 60, 1982, p. 1-26; GROSS M. R.,《Evolution of alternative reproductive strategies: frequency-dependent sexual selection in male bluegill sunfish》, Philosophical Transactions of the Royal Society, vol. 332, 1991, p. 59-66.

[2] GROSS M. R.,《Disruptive selection for alternative life histories in salmon》, Nature, vol. 313, 1985, p. 47-48.

[3] 动物中窃取他人劳动成果的专题书籍: BARNARD C. J. (dir.), Producers and Scroungers: Strategies of Exploitation and Parasitism, Londres, Croom Helm, 1984. 最新的此类专题文章: GIRALDEAU L.-A. et DUBOIS F.,《Social foraging and the study of exploitative behavior》, Advances in the Study of Behavior, vol. 38, 2008, p. 59-104.

第 6 章　捕食者和猎物

[1] STENSETH N. C., FALCK W., BJØRNSTAD O. N. et KREBS C. J.,《Population regulation in snowshoe hare and Canadian lynx: Asymmetric food web configurations between hare and lynx》, PNAS, vol. 94, 1997, p. 5147-5152.

[2] MACARTHUR R. H. et WILSON E. O., The Theory of Island Biogeography, Princeton, Princeton University Press, 1967.

[3] WILSON E. O., *Sociobiology: The New Synthesis*, Cambridge, Harvard University Press, 1975.

[4] MACARTHUR R. H. et PIANKA E. R., 《*On optimal use of a patchy environment*》, *The American Naturalist*, vol. 100, 1966, p. 603-609. 不久之后,美国人梅里特·埃姆伦(Merrit Emlen)发表了一个十分类似的模型,其中也运用了经济学方法预测猎物的选择: EMLEN M. J., 《*Optimal choice in animals*》, *The American Naturalist*, vol. 102, 1968, p. 385.

[5] ELNER R. W. et HUGHES R. N., 《*Energy maximization in the diet of the shore crab* Carcina maenas》, *Journal of Animal Ecology*, vol. 47, 1978, p. 103-116.

[6] DAWKINS R., *The Selfish Gene*, Oxford, Oxford University Press, 1976.

[7] KREBS J. R., ERICHSEN J. T., WEBER M. I. et CHARNOV E. L., 《*Optimal prey selection in the great tit* (Parus major)》, *Animal Behaviour*, vol. 25, 1977, p. 30-38.

[8] CARACO T., 《*Energy budgets, risk and foraging preferences in dark-eyed juncos* (Junco hyemalis)》, *Behavioral Ecology and Sociobiology*, vol. 8, 1981, p. 213-217.

[9] CARACO T., MARTINDALE S. et WHITTAM T. S., 《*An empirical demonstration of risk-sensitive foraging preferences*》, *Animal Behaviour*, vol. 28, 1980, p. 820-830.

[10] STEPHENS D. W et KREBS J. R., *Optimal Foraging Theory*, Princeton, Princeton University Press, 1986 ; GIRALDEAU L. -A. et CARACO T., *Social Foraging Theory*, Princeton, Prince-

ton University Press, 2000.

[11] KREBS J. R. et DAVIES N. B., *Behavioural Ecology*: *An Evolutionary Approach*, Oxford, Blackwell, 1978.

[12] 想要了解行为生态学的法文读者可以阅读：DANCHIN É., GIRALDEAU L.-A. et CÉZILLY F., *Écologie comportementale*: *Cours et questions de réflexion*, Paris, Dunod, 2015.

第7章 出人意料的合作

[1] 美国动物行为学家李·艾伦·杜加特金（Lee Alan Dugatkin）职业生涯的一大部分时间都在为动物合作的情况编目，并在1997年将其完成出版。这部名为《动物间的合作》(*Cooperation Among Animals*)的著作由牛津大学出版社出版，是一份资料翔实的例证来源。

[2] SCHALLER G. B., *The Serengeti Lion*, Chicago, University of Chicago Press, 1972.

[3] AXELROD R. et HAMILTON W. D.,《*The Evolution of Cooperation*》, *Science*, vol. 211, 1981, p. 1390-1396.

[4] 吸血蝙蝠相互间喂食现象的发现归功于美国动物生态学家杰拉德·威尔金森（Gerald Wilkinson）。他针对吸血蝙蝠这种神奇的动物发表了大量研究论文，其中最经典的一篇：WILKINSON G.,《*Reciprocal food-sharing in vampire bats*》, *Nature*, vol. 308, 1984, p. 181-184.

[5] AXELROD R., *The Evolution of Cooperation*, New York, Basic Books Inc., 1984.